Goethe · Die Liebesgedichte

GOETHE

DIE LIEBES-GEDICHTE

Herausgegeben
von
Fritz & Katinka van Eycken

HAFFMANS VERLAG
BEI ZWEITAUSENDEINS

Deutsche Erstausgabe

1. Auflage, Frühling 2011

Titelseite: Die Ginkoblätter sind eine Beigabe zum Gedicht
auf Seite 72 an Marianne von Willemer.
Korrektorat & Register von Franziska Schwarzenbach.
Gestaltung, Satz & Produktion von Urs Jakob,
Werkstatt im Grünen Winkel, CH-8400 Winterthur.
Druck & Bindung: Ebner & Spiegel, Ulm.
Printed in Germany.

Dieses Buch gibt es nur bei Zweitausendeins im Versand,
Postfach, D-60381 Frankfurt am Main, Telefon 069-420 8000,
Fax 069-415 003. Internet www.Zweitausendeins.de,
E-Mail info@Zweitausendeins.de.
Oder in den Zweitausendeins-Läden in Augsburg, 2x Berlin,
in Bonn, Braunschweig, Bremen, Darmstadt, Dresden, Düsseldorf,
Erfurt, Frankfurt am Main, Freiburg, Göttingen, 2x Hamburg,
in Hannover, Karlsruhe, Kiel, Koblenz, Köln, Leipzig, Ludwigsburg,
Mannheim, Marburg, München, Münster, Neustadt an der Weinstraße,
Nürnberg, Oldenburg, Stuttgart & Ulm.

In der Schweiz über buch 2000, Postfach 89, CH-8910 Affoltern a. A.
In Österreich über Buchkontor, Kriemhildeplatz 1, A-1150 Wien

ISBN 978-3-942048-29-3

Das lauft mir durch das Rückenmark
Bis in die große Zeh!
Ich bin so schwach, ich bin so stark,
Mir ist so wohl, so weh.

Inhalt

ANHANG

I.

Ersehnte Liebe

Landschaft mit Wasserfall, 1768

GUTER TAG

Die Welt durchaus ist lieblich anzuschauen,
Vorzüglich aber schön die Welt der Dichter;
Auf bunten, hellen oder silbergrauen
Gefilden, Tag und Nacht, erglänzen Lichter.
Heut ist mir alles herrlich; wenns nur bliebe!
Ich sehe heut durchs Augenglas der Liebe.

DER SCHMETTERLING

Und in Papillons Gestalt
Flattr ich, nach den letzten Zügen,
Zu den vielgeliebten Stellen,
Zeugen himmlischer Vergnügen,
Über Wiesen, an die Quellen,
Um den Hügel, durch den Wald.

Ich belausch ein zärtlich Paar;
Von des schönen Mädchens Haupte,
Aus den Kränzen schau ich nieder;
Alles, was der Tod mir raubte,
Seh ich hier im Bilde wieder,
Bin so glücklich, wie ich war.

Sie umarmt ihn lächelnd, stumm,
Und sein Mund genießt der Stunde,
Die ihm gütge Götter senden,
Hüpft vom Busen zu dem Munde,
Von dem Munde zu den Händen,
Und ich hüpf um ihn herum.

Und sie sieht mich, Schmetterling.
Zitternd vor des Freunds Verlangen
Springt sie auf, da flieg ich ferne.
»Liebster, komm, ihn einzufangen,
Komm, ich hätt es gar zu gerne,
Gern das kleine bunte Ding.«

STIRBT DER FUCHS, SO GILT DER BALG

Nach Mittage saßen wir
Junges Volk im Kühlen;
Amor kam, und *Stirbt der Fuchs*
Wollt er mit uns spielen.

Jeder meiner Freunde saß
Froh bei seinem Herzchen;
Amor blies die Fackel aus,
Sprach: hier ist das Kerzchen.

Und die Fackel, wie sie glomm,
Ließ man eilig wandern,
Jeder drückte sie geschwind
In die Hand des andern.

Und mir reichte Dorilis
Sie mit Spott und Scherze;
Kaum berührt mein Finger sie,
Hell entflammt die Kerze,

Sengt mir Augen und Gesicht,
Setzt die Brust in Flammen,
Über meinem Haupte schlug
Fast die Glut zusammen.

Löschen wollt ich, patschte zu,
Doch es brennt beständig;
Statt zu sterben, ward der Fuchs
Recht bei mir lebendig.

BLINDE KUH

O liebliche Therese!
Warum seh ich so böse
Mit offnen Augen dich?
Die Augen fest verbunden,
Hast du mich gleich gefunden,
Und warum fingst du eben – mich?

Du faßtest mich aufs beste
Und hieltest mich so feste,
Ich sank in deinen Schoß.
Kaum warst du aufgebunden,
War alle Lust verschwunden,
Du ließest kalt den Blinden los.

Er tappte hin und wider,
Verrenkte fast die Glieder,
Und alle foppten ihn.
Und willst du mich nicht lieben,
So geh ich stets im Trüben,
Wie mit verbundnen Augen, hin.

Ob ich dich liebe, weiß ich nicht:
Seh ich nur einmal dein Gesicht,
Seh dir ins Auge nur einmal,
Frei wird mein Herz von aller Qual;
Gott weiß, wie mir so wohl geschicht!
Ob ich dich liebe, weiß ich nicht.

ANLIEGEN

O schönes Mädchen du,
Du mit dem schwarzen Haar,
Die du ans Fenster trittst,
Auf dem Balkone stehst!
Und stehst du wohl umsonst?
O stündest du für mich,
Und zögst die Klinke los,
Wie glücklich wär' ich da!
Wie schnell spräng' ich hinauf.

LOCKEN

Voll Locken kraus ein Haupt so rund! –
Und darf ich dann in solchen reichen Haaren
Mit vollen Händen hin und wider fahren,
Da fühl ich mich von Herzensgrund gesund.
Und küß ich Stirne, Bogen, Auge, Mund,
Dann bin ich frisch und immer wieder wund.
Der fünfgezackte Kamm, wo sollt er stocken?
Er kehrt schon wieder zu den Locken.
Das Ohr versagt sich nicht dem Spiel,
Hier ist nicht Fleisch, hier ist nicht Haut,
So zart zum Scherz, so liebeviel!
Doch wie man auf dem Köpfchen kraut,
Man wird in solchen reichen Haaren
Für ewig auf und nieder fahren.
So hast du, Hafis, auch getan,
Wir fangen es von vornen an.

Jetzt fühlt der Engel, was ich fühle.
Ihr Herz gewann ich mir beim Spiele,
Und sie ist nun von Herzen mein.
Du gabst mir, Schicksal, diese Freude,
Nun laß auch morgen sein wie heute,
Und lehr mich, ihrer würdig sein.

AN BELINDEN

Warum ziehst du mich unwiderstehlich,
Ach! in jene Pracht?
War ich guter Junge nicht so selig
In der öden Nacht?

Heimlich in mein Zimmerchen verschlossen,
Lag im Mondenschein,
Ganz von seinem Schauerlicht umflossen,
Und ich dämmert ein.

Träumte da von vollen goldnen Stunden
Ungemischter Lust!
Ahndungsvoll hatt ich dein Bild empfunden
Tief in meiner Brust.

Bin ichs noch, den du bei so viel Lichtern
An dem Spieltisch hältst?
Oft so unerträglichen Gesichtern
Gegenüber stellst?

Reizender ist mir des Frühlings Blüte
Nun nicht auf der Flur;
Wo du, Engel, bist, ist Lieb und Güte,
Wo du bist, Natur.

DIE NACHT

Gern verlaß ich diese Hütte,
Meiner Schönen Aufenthalt,
Und durchstreich mit leisem Tritte
Diesen ausgestorbnen Wald.
Luna bricht die Nacht der Eichen,
Zephirs melden ihren Lauf,
Und die Birken streun mit Neigen
Ihr den süßsten Weihrauch auf.

Schauer, der das Herze fühlen,
Der die Seele schmelzen macht,
Wandelt im Gebüsch im Kühlen.
Welche schöne, süße Nacht!
Freude! Wollust! kaum zu fassen!
Und doch wollt ich, Himmel, dir
Tausend deiner Nächte lassen,
Gäb mein Mädchen Eine mir.

AN DEN MOND

Schwester von dem ersten Licht,
Bild der Zärtlichkeit in Trauer!
Nebel schwimmt mit Silberschauer
Um dein reizendes Gesicht.
Deines leisen Fußes Lauf
Weckt aus tagverschloßnen Höhlen
Traurig abgeschiedne Seelen,
Mich und nächtge Vögel auf.

Forschend übersieht dein Blick
Eine großgemeßne Weite!
Hebe mich an deine Seite,
Gib der Schwärmerei dies Glück!
Und in wollustvoller Ruh
Säh der weitverschlagne Ritter
Durch das gläserne Gegitter
Seines Mädchens Nächten zu.

Dämmrung, wo die Wollust thront,
Schwimmt um ihre runden Glieder.
Trunken sinkt mein Blick hernieder;
Was verhüllt man wohl dem Mond?
Doch, was das für Wünsche sind!
Voll Begierde, zu genießen,
So da droben hängen müssen;
Ei, da schieltest du dich blind.

AN DEN SCHLAF

Der du mit deinem Mohne
Selbst Götteraugen zwingst,
Und Bettler oft zum Throne,
Zum Mädchen Schäfer bringst,
Vernimm: Kein Traumgespinste
Verlang ich heut von dir,
Den größten deiner Dienste,
Geliebter, leiste mir.

An meines Mädchens Seite
Sitz ich, ihr Aug spricht Lust,
Und unter neidscher Seide
Steigt fühlbar ihre Brust;
Oft hatte meinen Küssen
Sie Amor zugebracht,
Dies Glück muß ich vermissen,
Die strenge Mutter wacht.

Am Abend triffst du wieder
Mich dort, o tritt herein,
Sprüh Mohn von dem Gefieder,
Da schlaf die Mutter ein:
Bei blassem Lichterscheinen,
Von Lieb Annette warm,
Sink, wie Mama in deinen,
In meinen giergen Arm.

VERSCHIEDENE DROHUNG

Einst ging ich meinem Mädchen nach
Tief in den Wald hinein
Und fiel ihr um den Hals, und »ach!«
Droht sie, »ich werde schrein'n.«

Da rief ich trotzig: Ha! ich will
Den töten, der uns stört! –
»Still!« lispelt sie, »Geliebter, still!
Daß ja dich niemand hört.«

Die Flut der Leidenschaft, sie stürmt vergebens
Ans unbezwungne feste Land. –
Sie wirft poetische Perlen an den Strand,
Und das ist schon Gewinn des Lebens.

2.

Verliebte Liebe

Aufgehender Mond am Fluß, um 1777

GRETCHENS LIEBESLIED

Meine Ruh' ist hin,
Mein Herz ist schwer;
Ich finde sie nimmer
Und nimmermehr.

Wo ich ihn nicht hab',
Ist mir das Grab,
Die ganze Welt
Ist mir vergällt.

Mein armer Kopf
Ist mir verrückt,
Mein armer Sinn
Ist mir zerstückt.

Meine Ruh' ist hin,
Mein Herz ist schwer;
Ich finde sie nimmer
Und nimmermehr.

Nach ihm nur schau' ich
Zum Fenster hinaus,
Nach ihm nur geh' ich
Aus dem Haus.

Sein hoher Gang,
Sein' edle Gestalt,
Seines Mundes Lächeln,
Seiner Augen Gewalt,

Und seiner Rede
Zauberfluß,
Sein Händedruck,
Und ach sein Kuß!

Meine Ruh' ist hin,
Mein Herz ist schwer;
Ich finde sie nimmer
Und nimmermehr.

Mein Busen drängt
Sich nach ihm hin.
Ach dürft' ich fassen
Und halten ihn,

Und küssen ihn,
So wie ich wollt',
An seinen Küssen
Vergehen sollt'!

GLÜCKLICH GEHEIMNIS

Über meines Liebchens Äugeln
Stehn verwundert alle Leute;
Ich, der Wissende, dagegen
Weiß allein, was das bedeute.

Denn es heißt: ich liebe diesen,
Und nicht etwa den und jenen.
Lasset nur, ihr guten Leute,
Euer Wundern, euer Sehnen.

Ja, mit ungeheuren Mächten
Blicket sie wohl in die Runde;
Doch sie sucht nur zu verkünden
Ihm die nächste süße Stunde.

War schöner als der schönste Tag,
Drum muß man mir verzeihen,
Daß ich sie nicht vergessen mag,
Am wenigsten im Freien.
Im Garten wars, sie kam heran,
Mir ihre Gunst zu zeigen;
Das fühl ich noch und denke dran
Und bleib ihr ganz zu eigen.

AUG UM OHR

Was dem Auge dar sich stellet,
Sicher glauben wirs zu schaun;
Was dem Ohr sich zugesellet,
Gibt uns nicht ein gleich Vertraun.
Darum deine lieben Worte
Haben oft mir wohlgetan;
Doch ein Blick am rechten Orte,
Übrig läßt er keinen Wahn.

FRÜHZEITGER FRÜHLING

Tage der Wonne,
Kommt ihr so bald?
Schenkt mir die Sonne,
Hügel und Wald?

Reichlicher fließen
Bächlein zumal.
Sind es die Wiesen?
Ist es das Tal?

Blauliche Frische!
Himmel und Höh!
Goldene Fische
Wimmeln im See.

Buntes Gefieder
Rauschet im Hain;
Himmlische Lieder
Schallen darein.

Unter des Grünen
Blühender Kraft,
Naschen die Bienen
Summend am Saft.

Leise Bewegung
Bebt in der Luft,
Reizende Regung,
Schläfernder Duft.

Mächtiger rühret
Bald sich ein Hauch,
Doch er verlieret
Gleich sich im Strauch.

Aber zum Busen
Kehrt er zurück.
Helfet, ihr Musen,
Tragen das Glück!

Saget seit gestern
Wie mir geschah?
Liebliche Schwestern,
Liebchen ist da!

SEHNSUCHT

Was zieht mir das Herz so?
Was zieht mich hinaus?
Und windet und schraubt mich
Aus Zimmer und Haus?
Wie dort sich die Wolken
Um Felsen verziehn!
Da möcht ich hinüber,
Da möcht ich wohl hin!

Nun wiegt sich der Raben
Geselliger Flug;
Ich mische mich drunter
Und folge dem Zug.
Und Berg und Gemäuer
Umsittichen wir:
Sie weilet da drunten,
Ich spähe nach ihr.

Da kommt sie und wandelt!
Ich eile so bald,
Ein singender Vogel,
Zum buschichten Wald.
Sie weilet und horchet
Und lächelt mit sich:
»Er singet so lieblich
Und singt es an mich.«

Die scheidende Sonne
Verguldet die Höhn;
Die sinnende Schöne,
Sie läßt es geschehn.

Sie wandelt am Bache
Die Wiesen entlang,
Und finster und finstrer
Umschlingt sich der Gang.

Auf einmal erschein ich,
Ein blinkender Stern.
»Was glänzet da droben,
So nah und so fern?«
Und hast du mit Staunen
Das Leuchten erblickt:
Ich lieg dir zu Füßen,
Da bin ich beglückt!

Wenn ich mir in stiller Seele
Singe leise Lieder vor:
Wie ich fühle, daß sie fehle,
Die ich einzig mir erkor –
Möcht ich hoffen, daß sie sänge,
Was ich ihr so gern vertraut;
Ach, aus dieser Brust und Enge
Drängen frohe Lieder laut!

MORGENKLAGEN

O du loses, leidigliebes Mädchen,
Sag mir an: womit hab ichs verschuldet,
Daß du mich auf diese Folter spannest,
Daß du dein gegeben Wort gebrochen?

Drucktest doch so freundlich gestern abend
Mir die Hände, lispeltest so lieblich:
Ja, ich komme, komme gegen Morgen
Ganz gewiß, mein Freund, auf deine Stube.

Angelehnet ließ ich meine Türe,
Hatte wohl die Angeln erst geprüfet
Und mich recht gefreut, daß sie nicht knarrten.

Welche Nacht des Wartens ist vergangen!
Wacht ich doch und zählte jedes Viertel:
Schlief ich ein auf wenig Augenblicke,
War mein Herz beständig wach geblieben,
Weckte mich von meinem leisen Schlummer.

Ja, da segnet ich die Finsternisse,
Die so ruhig alles überdeckten,
Freute mich der allgemeinen Stille,
Horchte lauschend immer in die Stille,
Ob sich nicht ein Laut bewegen möchte.

»Hätte sie Gedanken, wie ich denke,
Hätte sie Gefühl, wie ich empfinde,
Würde sie den Morgen nicht erwarten,
Würde schon in dieser Stunde kommen.«

Hüpft' ein Kätzchen oben übern Boden,
Knisterte das Mäuschen in der Ecke,
Regte sich, ich weiß nicht was, im Hause,
Immer hofft ich, deinen Schritt zu hören,
Immer glaubt ich, deinen Tritt zu hören.

Und so lag ich lang und immer länger,
Und es fing der Tag schon an zu grauen,
Und es rauschte hier und rauschte dorten.

»Ist es ihre Türe? Wärs die meine!«
Saß ich aufgestemmt in meinem Bette,
Schaute nach der halberhellten Türe,
Ob sie nicht sich wohl bewegen möchte.
Angelehnet blieben beide Flügel
Auf den leisen Angeln ruhig hangen.

Und der Tag ward immer hell- und heller;
Hört ich schon des Nachbars Türe gehen,
Der das Taglohn zu gewinnen eilet,
Hört ich bald darauf die Wagen rasseln,
War das Tor der Stadt nun auch eröffnet,
Und es regte sich der ganze Plunder
Des bewegten Marktes durcheinander.

Ward nun in dem Haus ein Gehn und Kommen
Auf und ab die Stiegen, hin und wider
Knarrten Türen, klapperten die Tritte;
Und ich konnte, wie vom schönen Leben,
Mich noch nicht von meiner Hoffnung scheiden.

Endlich, als die ganz verhaßte Sonne
Meine Fenster traf und meine Wände,
Sprang ich auf und eilte nach dem Garten,
Meinen heißen, sehnsuchtsvollen Atem
Mit der kühlen Morgenluft zu mischen,
Dir vielleicht im Garten zu begegnen:
Und nun bist du weder in der Laube,
Noch im hohen Lindengang zu finden.

GEGENWART

Alles kündet dich an!
Erscheinet die herrliche Sonne,
Folgst du, so hoff ich es, bald.

Trittst du im Garten hervor,
So bist du die Rose der Rosen,
Lilie der Lilien zugleich.

Wenn du im Tanze dich regst,
So regen sich alle Gestirne
Mit dir und um dich umher.

Nacht! und so wär es denn Nacht!
Nun überscheinst du des Mondes
Lieblichen, ladenden Glanz.

Ladend und lieblich bist du,
Und Blumen, Mond und Gestirne
Huldigen, Sonne, nur dir.

Sonne, so sei du auch mir
Die Schöpferin herrlicher Tage!
Leben und Ewigkeit ists.

Kleine Blumen, kleine Blätter
Streuen mir mit leichter Hand
Gute junge Frühlings-Götter
Tändlend auf ein luftig Band.

Zephir, nimms auf deine Flügel,
Schlings um meiner Liebsten Kleid!
Und dann tritt sie für den Spiegel
Mit zufriedener Munterkeit.

Sieht mit Rosen sich umgeben,
Sie, wie eine Rose jung
– Einen Kuß! geliebtes Leben,
Und ich bin belohnt genung.

Schicksal, segne diese Triebe,
Laß mich ihr und laß sie mein,
Laß das Leben unsrer Liebe
Doch kein Rosen-Leben sein.

Mädchen, das wie ich empfindet,
Reich mir deine liebe Hand,
Und das Band, das uns verbindet,
Sei kein schwaches Rosen-Band.

Suleika

Die Sonne kommt! Ein Prachterscheinen!
Der Sichelmond umklammert sie.
Wer konnte solch ein Paar vereinen?
Dies Rätsel, wie erklärt sichs? wie?

Hatem

Der Sultan konnt es, er vermählte
Das allerhöchste Weltenpaar,
Um zu bezeichnen Auserwählte,
Die Tapfersten der treuen Schar.

Auch seis ein Bild von unsrer Wonne!
Schon seh ich wieder mich und dich,
Du nennst mich, Liebchen, deine Sonne,
Komm, süßer Mond, umklammre mich!

DU LÄUFST MIR DURCH DAS RÜCKENMARK

Hab oft einen dummen düstern Sinn,
Ein gar so schweres Blut;
Wenn ich bei meiner Christel bin,
Ist alles wieder gut.
Ich seh sie dort, ich seh sie hier
Und weiß nicht auf der Welt,
Und wie und wo und wann sie mir,
Warum sie mir gefällt.

Das schwarze Schelmen-Aug dadrein,
Die schwarze Braunen drauf,
Seh ich ein einzigmal hinein,
Die Seele geht mir auf.
Was sie so gar einen süßen Mund,
Liebrunde Wänglein hat!
Ach, und es ist noch etwas rund,
Da sieht kein Aug sich satt.

Und wenn ich sie dann fassen darf
Im lüftgen deutschen Tanz,
Da gehts herum, da gehts so scharf,
Da fühl ich mich so ganz;
Und wenns ihr tummlig wird und warm,
Da wieg ich sie sogleich
An meiner Brust, in meinem Arm,
Ist mir ein Königreich.

Und wenn sie liebend nach mir blickt
Und alles rings vergißt,
Und dann an meine Brust gedrückt
Und weidlich eins geküßt,

Das lauft mir durch das Rückenmark
Bis in die große Zeh!
Ich bin so schwach, ich bin so stark,
Mir ist so wohl, so weh.

Da möcht ich mehr und immer mehr,
Der Tag wird mir nicht lang;
Wenn ich die Nacht auch bei ihr wär,
Davor wär mir nicht bang.
Ich denk, ich fasse sie einmal
Und büße meine Lust;
Und endigt sich nicht meine Qual,
Sterb ich an ihrer Brust.

Nach Johann Valentin Andreae

Woher sind wir geboren?
  Aus Lieb.
Wie wären wir verloren?
  Ohn Lieb.
Was hilft uns überwinden?
  Die Lieb.
Kann man auch Liebe finden?
  Durch Lieb.
Was läßt nicht lange weinen?
  Die Lieb.
Was soll uns stets vereinen?
  Die Lieb.

3.
Spiel mit der Liebe

Streit um eine Puppe, nach 1770

ZU TAUSEND FORMEN

In tausend Formen magst du dich verstecken,
Doch, Allerliebste, gleich erkenn ich dich;
Du magst mit Zauberschleiern dich bedecken,
Allgegenwärtige, gleich erkenn ich dich.

An der Zypresse reinstem, jungem Streben,
Allschöngewachsne, gleich erkenn ich dich;
In des Kanales reinem Wellenleben,
Allschmeichelhafte, wohl erkenn ich dich.

Wenn steigend sich der Wasserstrahl entfaltet,
Allspielende, wie froh erkenn ich dich;
Wenn Wolke sich gestaltend umgestaltet,
Allmannigfaltige, dort erkenn ich dich.

An des geblümten Schleiers Wiesenteppich,
Allbuntbesternte, schön erkenn ich dich;
Und greift umher ein tausendarmger Eppich,
O Allumklammernde, da kenn ich dich.

Wenn am Gebirg der Morgen sich entzündet,
Gleich, Allerheiternde, begrüß ich dich;
Dann über mir der Himmel rein sich ründet,
Allherzerweiternde, dann atm ich dich.

Was ich mit äußerm Sinn, mit innerm kenne,
Du Allbelehrende, kenn ich durch dich;
Und wenn ich Allahs Namenhundert nenne,
Mit jedem klingt ein Name nach für dich.

MAILIED

Zwischen Weizen und Korn,
Zwischen Hecken und Dorn,
Zwischen Bäumen und Gras,
Wo geht's Liebchen?
Sag mir das!

Fand mein Holdchen
Nicht daheim:
Muß das Goldchen
Draußen sein.
Grünt und blühet
Schön der Mai,
Liebchen ziehet
Froh und frei.

An dem Felsen beim Fluß,
Wo sie reichte den Kuß,
Jenen ersten im Gras,
Seh ich etwas!
Ist sie das?

Mit einem goldnen Halskettchen überschickt.

Dir darf dies Blatt ein Kettchen bringen,
Das, ganz zur Biegsamkeit gewöhnt,
Sich mit viel hundert kleinen Schlingen
Um deinen Hals zu schmiegen sehnt.

Gewähr dem Närrchen die Begierde!
Sie ist voll Unschuld, ist nicht kühn;
Am Tag ists eine kleine Zierde,
Am Abend wirfst dus wieder hin.

Denn wär es eine andre Kette,
Die fester hält und schwerer drückt,
Da winkt ich dir wohl selbst – Lisette,
Ganz recht, mein Kind! Nicht gleich genickt.

Balde seh ich Rickchen wieder,
Balde bald umarm ich sie,
Munter tanzen meine Lieder
Nach der süßten Melodie.

Ach, wie schön hats mir geklungen,
Wenn sie meine Lieder sang!
Lange hab ich nicht gesungen,
Lange, liebe Liebe, lang.

Denn mich ängsten tiefe Schmerzen,
Wenn mein Mädchen mir entflieht,
Und der wahre Gram im Herzen
Geht nicht über in mein Lied.

Doch jetzt sing ich, und ich habe
Volle Freude, süß und rein,
Ja, ich gäbe diese Gabe
Nicht für aller Klöster Wein.

ANNETTE AN IHREN GELIEBTEN

Ich sah, wie Doris bei Damöten stand,
Er nahm sie zärtlich bei der Hand.
Mit starrem Blick sahn sie einander an,
Und sahn sich um, ob nicht die Eltern wachen;
Und da sie niemand sahn,
Geschwind – genug – sie machtens, wie wirs machen.

BLICK UM BLICK

Wenn du dich im Spiegel besiehst,
Denke, daß ich diese Augen küßte
Und mich mit mir selbst entzweien müßte,
Sobalde du mich fliehst.
Denn da ich nur in diesen Augen lebe,
Du mir gibst, was ich gebe,
So wär ich ganz verloren;
Jetzt bin ich immer wie neugeboren.

BLUMENGRUSS

Der Strauß, den ich gepflücket,
Grüße dich viel tausendmal!
Ich habe mich oft gebücket,
Ach, wohl ein tausendmal,
Und ihn ans Herz gedrücket
Wie hunderttausendmal!

FREUNDLICHES BEGEGNEN

Im weiten Mantel bis ans Kinn verhüllet,
Ging ich den Felsenweg, den schroffen, grauen,
Hernieder dann zu winterhaften Auen,
Unruhgen Sinns, zur nahen Flucht gewillet.

Auf einmal schien der neue Tag enthüllet:
Ein Mädchen kam, ein Himmel anzuschauen,
So musterhaft wie jene lieben Frauen
Der Dichterwelt. Mein Sehnen war gestillet.

Doch wandt ich mich hinweg und ließ sie gehen
Und wickelte mich enger in die Falten,
Als wollt ich trutzend in mir selbst erwarmen –

Und folgt ihr doch. Ich stand. Da wars geschehen!
In meiner Hülle konnt ich mich nicht halten,
Die warf ich weg – Sie lag in meinen Armen.

DER BESUCH

Meine Liebste wollt ich heut beschleichen,
Aber ihre Türe war verschlossen.
Hab ich doch den Schlüssel in der Tasche!
Öffn ich leise die geliebte Türe!

Auf dem Saale fand ich nicht das Mädchen,
Fand das Mädchen nicht in ihrer Stube;
Endlich, da ich leis die Kammer öffne,
Find ich sie, gar zierlich eingeschlafen,
Angekleidet auf dem Bette liegen.

Bei der Arbeit war sie eingeschlafen,
Das Gestrickte mit den Nadeln ruhte
Zwischen den gefaltnen zarten Händen.
Und ich setzte mich an ihre Seite,
Ging bei mir zu Rat, ob ich sie weckte?

Da betrachtet ich den schönen Frieden,
Der auf ihren Augenlidern ruhte;
Auf den Lippen war die stille Treue,
Auf den Wangen Lieblichkeit zu Hause,
Und die Unschuld eines guten Herzens
Regte sich im Busen hin und wider.
Jedes ihrer Glieder lag gefällig,
Aufgelöst von süßem Götterbalsam.

Freudig saß ich da, und die Betrachtung
Hielte die Begierde, sie zu wecken,
Mit geheimen Banden fest und fester.

O du Liebe, dacht ich, kann der Schlummer,
Der Verräter jedes falschen Zuges,

Kann er dir nicht schaden, nichts entdecken,
Was des Freundes zarte Meinung störte?

Deine holden Augen sind geschlossen,
Die mich offen schon allein bezaubern;
Es bewegen deine süßen Lippen
Weder sich zur Rede, noch zum Kusse;
Aufgelöst sind diese Zauberbande
Deiner Arme, die mich sonst umschlingen.

Und die Hand, die reizende Gefährtin
Süßer Schmeicheleien, unbeweglich.
Wärs ein Irrtum, wie ich von dir denke,
Wär es Selbstbetrug, wie ich dich liebe,
Müßt ichs itzt entdecken, da sich Amor
Ohne Binde neben mich gestellet.

Lange saß ich so und freute herzlich
Ihres Wertes mich und meiner Liebe;
Schlafend hatte sie mir so gefallen,
Daß ich mich nicht traute, sie zu wecken.

Leise leg ich ihr zwei Pomeranzen
Und zwei Rosen auf das Tischchen nieder;
Sachte, sachte schleich ich meiner Wege.

Öffnet sie die Augen, meine Gute,
Gleich erblickt sie diese bunte Gabe,
Staunt, wie immer bei verschloßnen Türen
Dieses freundliche Geschenk sich finde.

Seh ich diese Nacht den Engel wieder,
Oh! wie freut sie sich, vergilt mir doppelt
Dieses Opfer meiner zarten Liebe.

DAS WIEDERSEHN

Er

Süße Freundin, noch einen, nur einen Kuß noch gewähre
Diesen Lippen! Warum bist du mir heute so karg?
Gestern blühte der Baum wie heute, wir wechselten Küsse
Tausendfältig: dem Schwarm Bienen verglichst du sie ja,
Wie sie den Blüten sich nahn und saugen, schweben und wieder
Saugen, und lieblicher Ton süßen Genusses erschallt.
Alle noch üben das holde Geschäft. Und wäre der Frühling
Uns vorübergeflohn, eh sich die Blüte zerstreut?

Sie

Träume, lieblicher Freund, nur immer! rede von gestern!
Gerne hör ich dich an, drücke dich redlich ans Herz.
Gestern, sagst du? – Es war, ich weiß, ein köstliches Gestern:
Worte verklangen im Wort, Küsse verdrängten den Kuß.
Schmerzlich wars, am Abend zu scheiden, und traurig die lange
Nacht von gestern auf heut, die den Getrennten gebot.
Doch der Morgen ist wieder erschienen. Ach, daß mir indessen
Leider zehnmal der Baum Blüten und Früchte gebracht!

MIGNON

Kennst du das Land, wo die Citronen blühn,
Im dunkeln Laub die Gold-Orangen glühn,
Ein sanfter Wind vom blauen Himmel weht,
Die Myrte still und hoch der Lorbeer steht!
Kennst du es wohl?
Dahin! Dahin
Möcht' ich mit dir, o mein Geliebter, ziehn.

Kennst du das Haus? Auf Säulen ruht sein Dach,
Es glänzt der Saal, es schimmert das Gemach,
Und Marmorbilder stehn und sehn mich an:
Was hat man dir, du armes Kind, gethan?
Kennst du es wohl?
Dahin! Dahin
Möcht' ich mit dir, o mein Beschützer, ziehn.

Kennst du den Berg und seinen Wolkensteg?
Das Maultier sucht im Nebel seinen Weg;
In Höhlen wohnt der Drachen alter Brut;
Es stürzt der Fels und über ihn die Flut.
Kennst du ihn wohl?
Dahin! Dahin
Geht unser Weg! o Vater! laß uns ziehn.

SCHWEIZERLIED

Uf'm Bergli
Bin i gesässe,
Ha de Vögle
Zugeschaut;
Hänt gesunge,
Hänt gesprunge,
Hänt's Nästli
Gebaut.

In ä Garte
Bin i gestande,
Ha de Imbli
Zugeschaut;
Hänt gebrummet,
Hänt gesummet,
Hänt Zelli
Gebaut.

Uf d' Wiese
Bin i gange,
Lugt' i Summer-
Vögle a;
Hänt gesoge,
Hänt gefloge,
Gar z'schön hänt's
Gethan.

Und da kummt nu
Der Hansel,
Und da zeig i
Em froh,
Wie sie's mache,
Und mer lache
Und mache's
Au so.

WILLKOMMEN & ABSCHIED

Es schlug mein Herz; geschwind zu Pferde!
Und fort! wild, wie ein Held zur Schlacht.
Der Abend wiegte schon die Erde,
Und an den Bergen hing die Nacht;
Schon stund im Nebelkleid die Eiche
Wie ein getürmter Riese da,
Wo Finsternis aus dem Gesträuche
Mit hundert schwarzen Augen sah.

Der Mond von einem Wolkenhügel
Sah schläfrig aus dem Duft hervor;
Die Winde schwangen leise Flügel,
Umsausten schauerlich mein Ohr;
Die Nacht schuf tausend Ungeheuer –
Doch tausendfacher war mein Mut;
Mein Geist war ein verzehrend Feuer,
Mein ganzes Herz zerfloß in Glut.

Ich sah dich, und die milde Freude
Floß aus dem süßen Blick auf mich.
Ganz war mein Herz an deiner Seite,
Und jeder Atemzug für dich.
Ein rosenfarbes Frühlingswetter
Lag auf dem lieblichen Gesicht,
Und Zärtlichkeit für mich, ihr Götter!
Ich hofft es, ich verdient es nicht.

Der Abschied, wie bedrängt, wie trübe!
Aus deinen Blicken sprach dein Herz.
In deinen Küssen welche Liebe,
O welche Wonne, welcher Schmerz!
Du gingst, ich stund und sah zur Erden,
Und sah dir nach mit nassem Blick;
Und doch, welch Glück! geliebt zu werden,
Und lieben, Götter, welch ein Glück!

4.
Erfüllte Liebe

Schweizer Berghütten, 1775

Laß dich, Geliebte, nicht reun, daß du so schnell dich ergeben,
Glaub es, ich denke nicht frech, denke nicht niedrig von dir.
Vielfach wirken die Pfeile des Amors, denn einige ritzen,
Und vom schleichenden Gift kranket auf Jahre das Herz;
Aber mächtig befiedert, mit frisch geschliffener Schärfe
Dringen die andern ins Mark, zünden auf einmal uns an.
In der heroischen Zeit, da Götter und Göttinnen liebten,
Folgte Begierde dem Blick, folgte Genuß der Begier:
Glaubst du, es habe sich lange die Göttin der Liebe besonnen,
Als im Idäischen Hain einst ihr Anchises gefiel?
Hätte Luna gesäumt, den schönen Schläfer zu küssen,
Oh, so hätt ihn geschwind, neidend, Aurora geweckt.
Hero erblickte Leandern beim lauten Fest, und behende
Stürzte der Liebende sich heiß in die nächtliche Flut.
Rhea Silvia wandelt, die fürstliche Jungfrau, der Tiber
Wasser zu schöpfen, hinab, und sie ergreifet der Gott.
So erzeugte sich Mars zwei Söhne! – die Zwillinge tränket
Eine Wölfin, und Rom nennt sich die Fürstin der Welt.

DER SCHÄFER

Es war ein fauler Schäfer,
Ein rechter Siebenschläfer,
Ihn kümmerte kein Schaf.

Ein Mädchen konnt' ihn fassen,
Da war der Tropf verlassen,
Fort Appetit und Schlaf!

Es trieb ihn in die Ferne,
Des Nachts zählt' er die Sterne,
Er klagt' und härmt' sich brav.

Nun, da sie ihn genommen,
Ist alles wieder kommen,
Durst, Appetit und Schlaf.

Um Mitternacht – ich schlief, im Busen wachte
Das liebevolle Herz, als wär es Tag;
Der Tag erschien – mir war, als ob es nachte:
Nun fehlt sie mir, was er auch bringen mag.

Sie fehlte mir; mein emsig Tun und Streben,
Für sie allein ertrug ichs durch die Glut
Der heißen Stunde; welch erquicktes Leben
Am kühlen Abend! lohnend wars und gut.

Die Sonne sank, und Hand in Hand verpflichtet
Begrüßten wir den letzten Segensblick,
Und Auge sprach, ins Auge klar gerichtet:
Von Osten, hoffe nur, sie kommt zurück.

Um Mitternacht! – der Sterne Glanz geleitet
In holdem Traum zur Schwelle, wo sie ruht.
Oh, sei auch mir dort auszuruhn bereitet!
Wie es auch sei, das Leben, es ist gut.

Bleibe, bleibe bei mir,
Holder Fremdling, süße Liebe,
Holde süße Liebe,
Und verlasse die Seele nicht!
Ach, wie anders, wie schön
Lebt der Himmel, lebt die Erde,
Ach, wie fühl ich, wie fühl ich
Dieses Leben zum erstenmal!

Eine einzige Nacht an deinem Herzen! – Das andre
Gibt sich. Es trennet uns noch Amor in Nebel und Nacht.
Ja, ich erlebe den Morgen, an dem Aurora die Freunde
Busen an Busen belauscht, Phöbus, der frühe, sie weckt.

GINGO BILOBA

Dieses Baums Blatt, der von Osten
Meinem Garten anvertraut,
Gibt geheimen Sinn zu kosten,
Wie's den Wissenden erbaut.

Ist es Ein lebendig Wesen?
Das sich in sich selbst getrennt,
Sind es zwei? die sich erlesen,
Daß man sie als Eines kennt?

Solche Frage zu erwidern,
Fand ich wohl den rechten Sinn:
Fühlst du nicht an meinen Liedern,
Daß ich Eins und doppelt bin?

ERKANNTES GLÜCK

Was die gute Natur weislich nur vielen verteilet,
   Gab sie mit reichlicher Hand alles der Einzigen, ihr.
Und die so herrlich Begabte, die von so vielen Verehrte
   Gab ein liebend Geschick freundlich dem Glücklichen, mir.

PHILINE

Singet nicht in Trauertönen
Von der Einsamkeit der Nacht;
Nein, sie ist, o holde Schönen,
Zur Geselligkeit gemacht.

Wie das Weib dem Mann gegeben
Als die schönste Hälfte war,
Ist die Nacht das halbe Leben,
Und die schönste Hälfte zwar.

Könnt ihr euch des Tages freuen,
Der nur Freuden unterbricht?
Er ist gut, sich zu zerstreuen;
Zu was anderm taugt er nicht.

Aber wenn in nächt'ger Stunde
Süßer Lampe Dämmrung fließt,
Und vom Mund zum nahen Munde
Scherz und Liebe sich ergießt;

Wenn der rasche lose Knabe,
Der sonst wild und feurig eilt,
Oft bei einer kleinen Gabe
Unter leichten Spielen weilt;

Wenn die Nachtigall Verliebten
Liebevoll ein Liedchen singt,
Das Gefangnen und Betrübten
Nur wie Ach und Wehe klingt:

Mit wie leichtem Herzensregen
Horchet ihr der Glocke nicht,
Die mit zwölf bedächt'gen Schlägen
Ruh und Sicherheit verspricht!

Darum an dem langen Tage
Merke dir es, liebe Brust:
Jeder Tag hat seine Plage,
Und die Nacht hat ihre Lust.

Welch ein Mädchen ich wünsche zu haben?
ihr fragt mich? ich hab sie,
Wie ich sie wünsche, das heißt, dünkt mich, mit wenigem viel.
An dem Meere ging ich und suchte mir Muscheln; in einer
Fand ich ein Perlchen, es bleibt nun mir am Herzen verwahrt.

BRAUTNACHT

Im Schlafgemach, entfernt vom Feste,
Sitzt Amor dir getreu und bebt,
Daß nicht die List mutwill'ger Gäste
Des Brautbetts Frieden untergräbt.
Es blinkt mit mystisch heil'gem Schimmer
Vor ihm der Flammen blasses Gold;
Ein Weihrauchswirbel füllt das Zimmer,
Damit ihr recht genießen sollt.

Wie schlägt dein Herz beim Schlag der Stunde,
Der deiner Gäste Lärm verjagt;
Wie glühst du nach dem schönen Munde,
Der bald verstummt und nichts versagt.
Du eilst, um alles zu vollenden
Mit ihr ins Heiligtum hinein;
Das Feuer in des Wächters Händen
Wird wie ein Nachtlicht still und klein.

Wie bebt vor deiner Küsse Menge
Ihr Busen und ihr voll Gesicht!
Zum Zittern wird nun ihre Strenge,
Denn deine Kühnheit wird zur Pflicht.
Schnell hilft dir Amor sie entkleiden,
Und ist nicht halb so schnell als du;
Dann hält er schalkhaft und bescheiden
Sich fest die beiden Augen zu.

Arm und kleiderlos war sie, als ich das Mädchen geworben;
Damals gefiel sie mir nackt, wie sie mir jetzt noch gefällt.

* *
*

In der Dämmrung des Morgens den höchsten Gipfel
erklimmen,
Frühe den Boten des Tags grüßen, dich, freundlichen Stern,
Ungeduldig die Blicke der Himmelsfürstin erwarten,
Wonne des Jünglings! wie oft locktest du nachts mich heraus!
Nun erscheint ihr mir, Boten des Morgens, ihr himmlischen
Augen
Meiner Geliebten, und stets kommt mir die Sonne zu früh.

RÖMISCHE ELEGIE

Die Göttin heißt *Gelegenheit:* lernet sie kennen!
  Sie erscheint euch oft, immer in andrer Gestalt.
Tochter des Proteus möchte sie sein, mit Thetis gezeuget,
  Deren verwandelte List manchen Heroen betrog.
So betriegt nun die Tochter den Unerfahrnen, den Blöden:
  Schlummernde necket sie stets, Wachende fliegt sie vorbei;
Gern ergibt sie sich nur dem raschen, tätigen Manne:
  Dieser findet sie zahm, spielend und zärtlich und hold.
Einst erschien sie auch mir, ein bräunliches Mädchen, die Haare
  Fielen ihr dunkel und reich über die Stirne herab,
Kurze Locken ringelten sich ums zierliche Hälschen,
  Ungeflochtenes Haar krauste vom Scheitel sich auf.
Und ich verkannte sie nicht, ergriff die Eilende: lieblich
  Gab sie Umarmung und Kuß bald mir gelehrig zurück.
Oh, wie war ich beglückt! – Doch stille, die Zeit ist vorüber,
  Und umwunden bin ich, römische Flechten, von euch.

VENEZIANISCHE EPIGRAMME

In dem engsten der Gäßchen – es drängt sich kaum
durch die Mauern –
Saß mir ein Mädchen im Weg, als ich Venedig durchlief.
Sie war reizend, der Ort, ich ließ mich Fremder verführen;
Ach, ein weiter Kanal tat sich dem Forschenden auf.
Hättest du Mädchen wie deine Kanäle, Venedig und F…
Wie die Gäßchen in dir, wärst du die herrlichste Stadt.

* *
*

Gib mir statt »Der Schwanz« ein ander Wort, o Priapus!
Denn ich Deutscher, ich bin übel als Dichter geplagt.
Griechisch nennt ich dich φαλλος, das klänge doch prächtig
den Ohren,
Und lateinisch ist auch Mentula leidlich ein Wort.
Mentula käme von Mens, der Schwanz ist etwas von hinten,
Und nach hinten war mir niemals ein froher Genuß.

* *
*

Knaben liebt ich wohl auch, doch lieber sind mir die Mädchen,
Hab ich als Mädchen sie satt, dient sie als Knabe mir noch.

* *
*

Was ich am meisten besorge: Bettina wird immer geschickter,
Immer beweglicher wird jegliches Gliedchen an ihr;
Endlich bringt sie das Züngelchen noch ins zierliche F…
Spielt mit dem artigen Selbst, achtet die Männer nicht viel.

Eines ist mir verdrießlich vor allen Dingen, ein andres
Bleibt mir abscheulich, empört jegliche Faser in mir,
Nur der bloße Gedanke. Ich will es euch, Freunde, gestehen:
Gar verdrießlich ist mir einsam das Lager zu Nacht.
Aber ganz abscheulich ists, auf dem Wege der Liebe
Schlangen zu fürchten und Gift unter den Rosen der Lust,
Wenn im schönsten Moment der hin sich gebenden Freude
Deinem sinkenden Haupt lispelnde Sorge sich naht.
Darum macht mich Faustine so glücklich, sie teilet das Lager
Gerne mit mir und bewahrt Treue dem Treuen genau.
Reizendes Hindernis will die rasche Jugend; ich liebe,
Mich des versicherten Guts lange bequem zu erfreun.
Welche Seligkeit ists! wir wechseln sichere Küsse,
Atem und Leben getrost saugen und flößen wir ein.
So erfreuen wir uns der langen Nächte, wir lauschen,
Busen an Busen gedrängt, Stürmen und Regen und Guß.
So erscheinet uns wieder der Morgen; es bringen die Stunden
Neue Blumen herbei, schmücken uns festlich den Tag.
Gönnet mir, o Quiriten! das Glück, und jedem gewähre
Aller Güter der Welt erstes und letztes der Gott.

Immer halt ich die Liebste begierig im Arme geschlossen,
Immer drängt sich mein Herz fest an den Busen ihr an,
Immer lehnet mein Haupt an ihren Knieen, ich blicke
Nach dem lieblichen Mund, ihr nach den Augen hinauf.
»Weichling!« schölte mich einer, »und so verbringst du die Tage?«
Ach, ich verbringe sie schlimm! Höre nur, wie mir geschieht!
Allen Freuden des Lebens hab ich den Rücken gekehret,
Schon den zwanzigsten Tag schleppt mich der Wagen umher,
Vetturine trotzen mir nun, es schmeichelt der Kämmrer,
Und der Bediente vom Platz sinnet auf Lügen und Trug.
Will ich ihnen entgehn, so faßt mich der Meister der Posten,
Postillione sind Herrn, dann die Dogane dazu!
»Ich verstehe dich nicht! Du widersprichst dir! Du schienest
Paradiesisch zu ruhn, ganz wie Rinaldo beglückt?«
Ach! ich verstehe mich wohl: es ist mein Körper auf Reisen,
Und es ruhet mein Geist stets der Geliebten im Schoß.

* *
*

Warum treibt sich das Volk und schreit so? Es will sich ernähren,
Kinder zeugen, und die nähren, so gut es vermag.
Merke dir, Reisender, das und tue zu Hause desgleichen.
Weiter bringt es kein Mensch, stell er sich, wie er auch will.

Nackend willst du nicht neben mir liegen, du süße Geliebte,
  Schamhaft hältst du dich noch mir im Gewande verhüllt.
Sag mir: begehr ich dein Kleid? begehr ich den lieblichen
                                        Körper?
  Nun, die Scham ist ein Kleid! zwischen Verliebten hinweg!

* *
*

Lange sucht ich ein Weib mir, ich suchte, da fand ich nur Dirnen,
  Endlich erhascht ich dich mir, Dirnchen, da fand ich ein Weib.

* *
*

Eine Liebe wünscht ich und konnte sie niemals gewinnen,
  Wünschen läßt sich noch wohl, aber verdienen nicht gleich.

* *
*

Fürchte nicht, liebliches Mädchen, die Schlange, die dir begegnet!
  Eva kannte sie schon, frage den Pfarrer, mein Kind.

* *
*

Und also, ein für allemal,
Der Lingam ist mir ganz fatal!

Es hat ein hübsches Maidel
Nur allzuviel zu tun,
Der Bursche trinkt manch Seidel
Und kann hernach nicht ruhn.
Und wenn sie dann sich trafen,
Wer kann dann was dafür?
Er hat den Rausch verschlafen,
Der Rausch er schläft mit ihr.

Was gibst du dir mit Lieb und Ehre
Und andern Dingen so viele Pein!
Wenn ein tüchtiger S*** nur wäre,
Die Weiber würden sämtlich zufrieden sein.

* *
*

Und doch kann dich nichts vernichten,
Wenn Vergänglichem zum Trotze
Willst dein Sehnen ewig richten
Erst zur Flasche, dann zur F***

SOLDATENLIED
AUS WALLENSTEINS LAGER

Es leben die Soldaten,
Der Bauer gibt den Braten,
Der Winzer gibt den Most,
Das ist Soldatenkost. Trallerallallallalla.

Der Bürger muß uns backen,
Den Adel muß man zwacken,
Sein Knecht ist unser Knecht,
Das ist Soldatenrecht.

In Wäldern gehn wir pirschen
Nach allen alten Hirschen,
Und bringen frank und frei
Den Männern das Geweih.

Heut schwören wir der Hanne,
Und morgen der Susanne,
Die Lieb ist immer neu,
Das ist Soldatentreu.

Wir schmausen wie Dynasten,
und morgen heißt es fasten,
Früh reich und Abends bloß,
Das ist Soldatenlos.

Wer hat, der muß nur geben,
Wer nichts hat, der soll leben,
Der Ehmann hat das Weib,
Und wir den Zeitvertreib.

Es heißt bei unsern Festen,
Gestohlen schmeckt's am besten!
Unrechtes Gut macht fett,
Das ist Soldatengebet.

Dich betrügt der Staatsmann, der Pfaffe, der Lehrer der Sittten,
Und dies Kleeblatt, wie tief betest du Pöbel es an.
Leider läßt sich noch kaum was Rechtes denken und sagen
Das nicht grimmig den Staat, Götter und Sitten verletzt.

SEID SÄUISCH!

Satan
Die Böcke zur Rechten,
Die Ziegen zur Linken!
Die Ziegen, sie riechen,
Die Böcke, sie stinken.
Und wenn auch die Böcke
Noch stinkiger wären,
So kann doch die Ziege
Des Bocks nicht entbehren.

Chor
Aufs Angesicht nieder!
Verehret den Herrn:
Er lehret die Völker,
Und lehret sie gern.
Vernehmet die Worte:
Er zeigt euch die Spur
Des ewigen Lebens,
Der tiefsten Natur.

Satan rechts gewendet
Euch gibt es zwei Dinge
So herrlich und groß:
Das glänzende Gold
Und der weibliche Schoß.
Das eine verschaffet,
Das andre verschlingt;
Drum glücklich, wer beide
Zusammen erringt!

Eine Stimme
Was sagte der Herr denn? –
Entfernt von dem Orte,
Vernahm ich nicht deutlich
Die köstlichen Worte.
Mir bleibet noch dunkel
Die herrliche Spur,
Nicht seh ich das Leben
Der tiefen Natur.

Satan links gewendet
Für euch sind zwei Dinge
Von köstlichem Glanz:
Das leuchtende Gold
Und ein glänzender Schwanz.
Drum wißt euch, ihr Weiber,
Am Gold zu ergötzen
Und mehr als das Gold
Noch die Schwänze zu schätzen!

Chor
Aufs Angesicht nieder
Am heiligen Ort!
O glücklich, wer nah steht
Und höret das Wort!

Eine Stimme
Ich stehe von ferne
Und stutze die Ohren;
Doch hab ich schon manches
Der Worte verloren.
Wer sagt mir es deutlich,
Wer zeigt mir die Spur
Des ewigen Lebens,
Der tiefsten Natur?

Mephistopheles zu einem jungen Mädchen
Was weinst du, artger, kleiner Schatz?
Die Tränen sind hier nicht am Platz.
Du wirst in dem Gedräng wohl gar zu arg gestoßen?

Mädchen
Ach nein! der Herr dort spricht so gar kurios,
Von Gold und Schwanz, von Gold und Schoß,
Und alles freut sich, wie es scheint!
Doch das verstehn wohl nur die Großen?

Mephistopheles
Nein, liebes Kind, nur nicht geweint!
Denn willst du wissen, was der Teufel meint,
So greife nur dem Nachbar in die Hosen!

Satan gradaus
Ihr Mägdlein, ihr stehet
Hier grad in der Mitten;
Ich seh, ihr kommt alle
Auf Besen geritten.
Seid reinlich bei Tage
Und säuisch bei Nacht,
So habt ihrs auf Erden
Am weitsten gebracht.

5.

Arten der Liebe

Schloß Großkochberg, um 1777

Hab ich tausendmal geschworen,
Dieser Flasche nicht zu trauen,
Bin ich doch wie neugeboren,
Läßt mein Schenke fern sie schauen.
Alles ist an ihr zu loben,
Glaskristall und Purpurwein.
Wird der Pfropf herausgehoben –
Sie ist leer, und ich nicht mein.

Hab ich tausendmal geschworen,
Dieser Falschen nicht zu trauen,
Und doch bin ich neugeboren,
Läßt sie sich ins Auge schauen.

Mag sie doch mit mir verfahren,
Wie's dem stärksten Mann geschah:
Deine Scher in meinen Haaren,
Allerliebste Dalila!

DER EDELKNABE UND DIE MÜLLERIN

Edelknabe
Wohin? Wohin?
Schöne Müllerin!
Wie heißt du?

Müllerin
Liese.

Edelknabe
Wohin denn? Wohin,
Mit dem Rechen in der Hand?

Müllerin
Auf des Vaters Land,
Auf des Vaters Wiese.

Edelknabe
Und gehst so allein?

Müllerin
Das Heu soll herein,
Das bedeutet der Rechen.
Und im Garten daran
Fangen die Birnen zu reifen an,
Die will ich brechen.

Edelknabe
Ist nicht eine stille Laube dabei?

Müllerin
Sogar ihrer zwei,
An beiden Ecken.

Edelknabe
Ich komm dir nach,
Und am heißen Mittag
Wollen wir uns drein verstecken.
Nicht wahr, im grünen vertraulichen Haus –

Müllerin
Das gäbe Geschichten.

Edelknabe
Ruhst du in meinen Armen aus?

Müllerin
Mitnichten!
Denn wer die artige Müllerin küßt,
Auf der Stelle verraten ist.
Euer schönes dunkles Kleid
Tät mir leid
So weiß zu färben.
Gleich und gleich! so allein ists recht!
Darauf will ich leben und sterben.
Ich liebe mir den Müllerknecht;
An dem ist nichts zu verderben.

Bin so in Lieb zu ihr versunken,
Als hätt ich von ihrem Blut getrunken.

DER FISCHER

Das Wasser rauscht', das Wasser schwoll,
Ein Fischer saß daran,
Sah nach dem Angel ruhevoll,
Kühl bis ans Herz hinan.
Und wie er sitzt und wie er lauscht,
Teilt sich die Flur empor:
Aus dem bewegten Wasser rauscht
Ein feuchtes Weib hervor.

Sie sang zu ihm, sie sprach zu ihm:
Was lockst du meine Brut
Mit Menschenwitz und Menschenlist
Hinauf in Todesglut?
Ach wüßtest du, wie's Fischlein ist
So wohlig auf dem Grund,
Du stiegst herunter wie du bist,
Und würdest erst gesund.

Labt sich die liebe Sonne nicht,
Der Mond sich nicht im Meer?
Kehrt wellenatmend ihr Gesicht
Nicht doppelt schöner her?
Lockt dich der tiefe Himmel nicht,
Das feuchtverklärte Blau?
Lockt dich dein eigen Angesicht
Nicht her in ew'gen Tau?

Das Wasser rauscht', das Wasser schwoll,
Netzt' ihm den nackten Fuß;
Sein Herz wuchs ihm so sehnsuchtsvoll,
Wie bei der Liebsten Gruß.

Sie sprach zu ihm, sie sang zu ihm;
Da war's um ihn geschehn:
Halb zog sie ihn, halb sank er hin
Und ward nicht mehr gesehn.

HEIDENRÖSLEIN

Sah ein Knab ein Röslein stehn,
Röslein auf der Heiden,
War so jung und morgenschön,
Lief er schnell, es nah zu sehn,
Sahs mit vielen Freuden.
Röslein, Röslein, Röslein rot,
Röslein auf der Heiden.

Knabe sprach: Ich breche dich,
Röslein auf der Heiden!
Röslein sprach: Ich steche dich,
Daß du ewig denkst an mich,
Und ich wills nicht leiden.
Röslein, Röslein, Röslein rot,
Röslein auf der Heiden.

Und der wilde Knabe brach
's Röslein auf der Heiden;
Röslein wehrte sich und stach,
Half ihm doch kein Weh und Ach,
Mußt es eben leiden.
Röslein, Röslein, Röslein rot,
Röslein auf der Heiden.

IM VORÜBERGEHN

Ich ging im Felde
So für mich hin,
Und nichts zu suchen,
Das war mein Sinn.

Da stand ein Blümchen
Sogleich so nah,
Daß ich im Leben
Nichts lieber sah.

Ich wollt es brechen,
Da sagt' es schleunig:
Ich habe Wurzeln,
Die sind gar heimlich.

Im tiefen Boden
Bin ich gegründet;
Drum sind die Blüten
So schön geründet.

Ich kann nicht liebeln,
Ich kann nicht schranzen;
Mußt mich nicht brechen,
Mußt mich verpflanzen.

GEFUNDEN

Ich ging im Walde
So vor mich hin,
Und nichts zu suchen,
Das war mein Sinn.

Im Schatten sah ich
Ein Blümchen stehn,
Wie Sterne blinkend,
Wie Äuglein schön.

Ich wollt es brechen,
Da sagt' es fein:
Soll ich zum Welken
Gebrochen sein?

Mit allen Wurzeln
Hob ich es aus,
Und trugs zum Garten
Am hübschen Haus.

Ich pflanzt es wieder
Am kühlen Ort;
Nun zweigt und blüht es
Mir immer fort.

FRÜHLING ÜBERS JAHR

Das Beet, schon lockert
Sichs in die Höh,
Da wanken Glöckchen
So weiß wie Schnee;
Safran entfaltet
Gewaltge Glut,
Smaragden keimt es
Und keimt wie Blut.
Primeln stolzieren
So naseweis,
Schalkhafte Veilchen,
Versteckt mit Fleiß;
Was auch noch alles
Da regt und webt –
Genug, der Frühling,
Er wirkt und lebt.
Doch was im Garten
Am reichsten blüht,
Das ist des Liebchens
Lieblich Gemüt.
Da glühen Blicke
Mir immerfort,
Erregend Liedchen,
Erheiternd Wort;
Ein immer offen,
Ein Blütenherz,
Im Ernste freundlich
Und rein im Scherz.
Wenn Ros' und Lilie
Der Sommer bringt,
Er doch vergebens
Mit Liebchen ringt.

DER WAHRE GENUSS

Umsonst, daß du, ein Herz zu lenken,
Der Schönen Schoß mit Golde füllst;
O Fürst, laß dir die Wollust schenken,
Wenn du die Wollust fühlen willst.
Gold kauft nur den geringen Haufen,
Und niemals edle Seelen dir;
Doch willst du eine Tugend kaufen,
So geh und gib dein Herz dafür.

Was ist die Lust, die in den Armen
Der Buhlerin die Wollust schafft?
Du wärst ein Vorwurf zum Erbarmen,
Ein Tor, wärst du nicht lasterhaft.
Sie küsset dich aus feilem Triebe,
Und Glut nach Gold füllt ihr Gesicht.
Unglücklicher! Du fühlst nicht Liebe,
Und selbst die Wollust fühlst du nicht.

Sei ohne Tugend! doch verliere
Den Vorzug eines Menschen nie!
Denn Wollust fühlen alle Tiere,
Der Mensch allein verfeinert sie.
Laß dich die Lehren nicht verdrießen,
Sie hindern dich nicht am Genuß,
Sie lehren dich, wie man genießen
Und Wollust würdig fühlen muß.

Soll dich kein heilig Band umgeben,
O Jüngling! schränke selbst dich ein!
Man kann in wahrer Freiheit leben,
Und doch nicht ungebunden sein.

Laß nur für Eine dich entzünden,
Und wenn du deinen Wunsch erfüllst,
So laß dich durch die Liebe binden,
Wenn du es durch die Pflicht nicht willst.

Empfinde, Jüngling! Und dann wähle
Ein Mädchen dir, sie wähle dich,
Von Körper schön und schön von Seele,
Und dann bist du beglückt wie ich.
Ich, der ich diese Kunst verstehe,
Ich habe mir ein Kind gewählt,
Daß uns zum Glück der schönsten Ehe
Nichts als des Priesters Segen fehlt.

Für nichts besorgt als meine Freude,
Für mich nur schön zu sein bemüht,
Wollüstig nur an meiner Seite,
Und sittsam, wenn die Welt sie sieht.
Damit die Zeit der Glut nicht schade,
Räumt sie niemals ein Recht mir ein,
Und heut muß ihre Gunst noch Gnade
Wie an dem ersten Abend sein.

Der Mädchen höchste Gunst ist keine,
Wenn Schwachheit uns den Weg verkürzt;
Doch jede Kleinigkeit wird eine,
Ist sie durch Hindernis gewürzt.
Sie lehret mich die Wollust schätzen,
Je weniger sie mir erlaubt;
Mit Klugheit weiß sie zu ersetzen,
Was sie aus Klugheit mir geraubt.

Ich bin genügsam und genieße
Schon da, wenn sie mir zärtlich lacht,
Wenn sie bei Tisch des Liebsten Füße
Zum Schemel ihrer Füße macht;
Den Apfel, den sie angebissen,
Das Glas, woraus sie trank, mir reicht
Und mir, bei halbgeraubten Küssen,
Den sonst verdeckten Busen zeigt.

Wenn in gesellschaftlicher Stunde
Sie einst mit mir von Liebe spricht,
Wünsch ich nur Worte von dem Munde,
Nur Worte, Küsse wünsch ich nicht.
Welch ein Verstand, der sie beseelet,
Ihr gutes Herz mit Reiz umgibt,
Sie ist vollkommen! Und sie fehlet
Darin allein, daß sie mich liebt.

Die Ehrfurcht wirft mich ihr zu Füßen,
Die Wollust mich an ihre Brust.
Sieh, Jüngling, dieses heißt genießen,
Sei klug und suche diese Lust!
Der Tod führt einst von ihrer Seite
Dich auf zum englischen Gesang,
Dich zu des Paradieses Freude,
Und du fühlst keinen Übergang.

VORSCHLAG ZUR GÜTE

Er

Du gefällst mir so wohl, mein liebes Kind,
Und wie wir hier bei einander sind,
So möcht' ich nimmer scheiden;
Da wär' es wohl uns beiden.

Sie

Gefall' ich dir, so gefällst du mir;
Du sagst es frei, ich sag' es dir.
Eh nun! heitaten wir eben!
Das Übrige wird sich geben.

Er

Heiraten, Engel, ist wunderlich Wort;
Ich meint', da müßt' ich gleich wieder fort.

Sie

Was ist's denn so großes Leiden?
Geht's nicht, so lassen wir uns scheiden.

VOR GERICHT

Von wem ich es habe, das sag' ich euch nicht,
Das Kind in meinem Leib. –
Pfui! speit ihr aus: die Hure da! –
Bin doch ein ehrlich Weib.

Mit wem ich mich traute, das sag' ich euch nicht.
Mein Schatz ist lieb und gut,
Trägt er eine goldene Kett' am Hals,
Trägt er einen strohernen Hut.

Soll Spott und Hohn getragen sein,
Trag' ich allein den Hohn.
Ich kenn' ihn wohl, er kennt mich wohl,
Und Gott weiß auch davon.

Herr Pfarrer und Herr Amtmann Ihr,
Ich bitte, laßt mich in Ruh!
Es ist mein Kind, es bleibt mein Kind,
Ihr gebt mir ja nichts dazu.

6.

Versuchungen der Liebe

Italienische Küstenlandschaft bei Vollmond, 1787

SELBSTBETRUG

Der Vorhang schwebet hin und her
Bei meiner Nachbarin:
Gewiß, sie lauschet überquer,
Ob ich zu Hause bin,

Und ob der eifersüchtge Groll,
Den ich am Tag gehegt,
Sich, wie er nun auf immer soll,
Im tiefen Herzen regt.

Doch leider hat das schöne Kind
Dergleichen nicht gefühlt.
Ich seh, es ist der Abendwind,
Der mit dem Vorhang spielt.

Du siehst so ernst, Geliebter! Deinem Bilde
Von Marmor hie möcht ich dich wohl vergleichen:
Wie dieses gibst du mir kein Lebenszeichen.
Mit dir verglichen zeigt der Stein sich milde.

Der Feind verbirgt sich hinter seinem Schilde,
Der Freund soll offen seine Stirn uns reichen.
Ich suche dich, du suchst mir zu entweichen;
Doch halte stand, wie dieses Kunstgebilde.

An wen von beiden soll ich nun mich wenden?
Sollt ich von beiden Kälte leiden müssen?
Da dieser tot und du lebendig heißest.

Kurz! um der Worte mehr nicht zu verschwenden,
So will ich diesen Stein so lange küssen,
Bis eifersüchtig du mich ihm entreißest.

DER MISANTHROP

Erst sitzt er ein Weile,
Die Strin von Wolken frei;
Auf einmal kommt in Eile
Sein ganz Gesicht der Eule
Verzerrtem Ernste bei.
Ihr fraget, was das sei?
Lieb' oder Langeweile?
Ach, sie sind's alle zwei.

DAS TAGEBUCH

... aliam tenui, sed iam quum gaudia adirem,
admonuit dominae deseruitque Venus.
Tibullus 1,5. 39–40

Wir hörens oft und glaubens wohl am Ende:
Das Menschenherz sei ewig unergründlich,
Und wie man auch sich hin und wider wende,
So sei der Christe wie der Heide sündlich.
Das Beste bleibt, wir geben uns die Hände
Und nehmens mit der Lehre nicht empfindlich;
Denn zeigt sich auch ein Dämon, uns versuchend,
So waltet was, gerettet ist die Tugend.

Von meiner Trauten lange Zeit entfernet,
Wies öfters geht, nach irdischem Gewinne,
Und was ich auch gewonnen und gelernet,
So hatt ich doch nur immer Sie im Sinne;
Und wie zu Nacht der Himmel erst sich sternet,
Erinnerung uns umleuchtet ferner Minne:
So ward im Federzug des Tags Ereignis
Mit süßen Worten Ihr ein freundlich Gleichnis.

Ich eilte nun zurück. Zerbrochen sollte
Mein Wagen mich noch eine Nacht verspäten;
Schon dacht ich mich, wie ich zu Hause rollte,
Allein da war Geduld und Werk vonnöten.
Und wie ich auch mit Schmied und Wagner tollte,
Sie hämmerten, verschmähten viel zu reden.
Ein jedes Handwerk hat nun seine Schnurren.
Was blieb mir nun? Zu weilen und zu murren.

So stand ich nun! Der Stern des nächsten Schildes
Berief mich hin, die Wohnung schien erträglich.
Ein Mädchen kam, des seltensten Gebildes,
Das Licht erleuchtend. Mir ward gleich behäglich.
Hausflur und Treppe sah ich als ein Mildes,
Die Zimmerchen erfreuten mich unsäglich.
Den sündgen Menschen, der im Freien schwebet –
Die Schönheit spinnt, sie ists, die ihn umwebet.

Nun setzt ich mich zu meiner Tasch und Briefen
Und meines Tagebuchs Genauigkeiten,
Um so wie sonst, wenn alle Menschen schliefen,
Mir und der Trauten Freude zu bereiten;
Doch weiß ich nicht, die Tintenworte liefen
Nicht so wie sonst in alle Kleinigkeiten:
Das Mädchen kam, des Abendessens Bürde
Verteilte sie gewandt mit Gruß und Würde.

Sie geht und kommt; ich spreche, sie erwidert.
Mit jedem Wort erscheint sie mir geschmückter.
Und wie sie leicht mir nun das Huhn zergliedert
Bewegend Hand und Arm, geschickt, geschickter –
Was auch das tolle Zeug in uns befiedert,
Genug, ich bin verworrner, bin verrückter,
Den Stuhl umwerfend spring ich auf und fasse
Das schöne Kind; sie lispelt: Lasse, lasse!

Die Muhme drunten lauscht, ein alter Drache,
Sie zählt bedächtig des Geschäfts Minute;
Sie denkt sich unten, was ich oben mache,
Bei jedem Zögern schwenkt sie frisch die Rute.

Doch schließe deine Türe nicht und wache,
So kommt die Mitternacht uns wohl zu Gute.
Rasch meinem Arm entwindet sie die Glieder,
Und eilet fort und kommt nur dienend wieder;

Doch blickend auch! so daß aus jedem Blicke
Sich himmlisches Versprechen mir entfaltet.
Den stillen Seufzer drängt sie nicht zurücke,
Der ihren Busen herrlicher gestaltet.
Ich sehe, daß am Ohr, um Hals und Gnicke
Der flüchtgen Röte Liebesblüte waltet,
Und sie nichts zu leisten weiter findet,
Geht sie und zögert, sieht sich um, verschwindet.

Der Mitternacht gehören Haus und Straßen,
Mir ist ein weites Lager aufgebreitet,
Wovon den kleinsten Teil mir anzumaßen
Die Liebe rät, die alles wohl bereitet.
Ich zaudre noch, die Kerzen auszublasen,
Nun hör ich sie, wie leise sie auch gleitet,
Mit giergem Blick die Hochgestalt umschweif ich,
Sie legt sich bei, die Wohlgestalt ergreif ich.

Sie macht sich los: Vergönne, daß ich rede,
Damit ich dir nicht völlig fremd gehöre.
Der Schein ist wider mich; sonst war ich blöde,
Stets gegen Männer setzt ich mich zur Wehre.
Mich nennt die Stadt, mich nennt die Gegend spröde;
Nun aber weiß ich, wie das Herz sich kehre:
Du bist mein Sieger, laß dichs nicht verdrießen,
Ich sah, ich liebte, schwur dich zu genießen.

Du hast mich rein, und wenn ichs besser wüßte,
So gäb ichs dir, ich tue, was ich sage.
So schließt sie mich an ihre süßen Brüste,
Als ob ihr nur an meiner Brust behage.
Und wie ich Mund und Aug und Stirne küßte,
So war ich doch in wunderbarer Lage:
Denn der so hitzig sonst den Meister spielet
Weicht schülerhaft zurück und abgekühlet.

Ihr scheint ein süßes Wort, ein Kuß zu gnügen,
Als wär es alles, was ihr Herz begehrte.
Wie keusch sie mir, mit liebevollem Fügen,
Des süßen Körpers Fülleform gewährte!
Entzückt und froh in allen ihren Zügen
Und ruhig dann, als wenn sie nichts entbehrte.
So ruht ich auch, gefallig sie beschauend,
Noch auf den Meister hoffend und vertrauend.

Doch als ich länger mein Geschick bedachte,
Von tausend Flüchen mir die Seele kochte,
Mich selbst verwünschend, grinsend mich belachte,
Nichts besser ward, wie ich auch zaudern mochte:
Da lag sie schlafend, schöner als sie wachte;
Die Lichter dämmerten mit langem Dochte.
Der Tages-Arbeit, jugendlicher Mühe
Gesellt sich gern der Schlaf und nie zu frühe.

So lag sie himmlisch an bequemer Stelle,
Als wenn das Lager ihr allein gehörte,
Und an die Wand gedrückt, gequetscht zur Hölle,
Ohnmächtig Jener, dem sie nichts verwehrte.

Vom Schlangenbisse fallt zunächst der Quelle
Ein Wandrer so, den schon der Durst verzehrte.
Sie atmet lieblich holdem Traum entgegen;
Er hält den Atem, sie nicht aufzuregen.

Gefaßt bei dem, was ihm noch nie begegnet,
Spricht er zu sich: So mußt du doch erfahren,
Warum der Bräutigam sich kreuzt und segnet,
Vor Nestelknüpfen scheu sich zu bewahren.
Weit lieber da, wos Hellebarden regnet,
Als hier im Schimpf! So war es nicht vor Jahren,
Als deine Herrin dir zum ersten Male
Vors Auge trat im prachterhellten Saale.

Da quoll dein Herz, da quollen deine Sinnen,
So daß der ganze Mensch entzückt sich regte.
Zum raschen Tanze trugst du sie von hinnen,
Die kaum der Arm und schon der Busen hegte,
Als wolltest du dir selbst sie abgewinnen;
Vervielfacht war, was sich für sie bewegte:
Verstand und Witz und alle Lebensgeister
Und rascher als die andern jener Meister.

So immerfort wuchs Neigung und Begierde,
Brautleute wurden wir im fruhen Jahre,
Sie selbst des Maien schönste Blum und Zierde;
Wie wuchs die Kraft zur Lust im jungen Paare!
Und als ich endlich sie zur Kirche führte:
Gesteh ichs nur, vor Priester und Altare,
Vor deinem Jammerkreuz, blutrünstger Christe,
Verzeih mirs Gott! es regte sich der Iste.

Und ihr, der Brautnacht reiche Bettgehänge,
Ihr Pfühle, die sich uns so breit erstreckten,
Ihr Teppiche, die Lieb und Lustgedränge
Mit seidenweichen Fittichen bedeckten,
Ihr Käfigvögel, deren Zwitschersänge
Zu neuer Lust und nie zu früh uns weckten,
Ihr kanntet uns, von eurem Schutz umfriedet,
Teilnehmend sie, mich immer unermüdet.

Und wie wir oft sodann im Raub genossen
Nach Buhlenart des Ehstands heilge Rechte,
Von reifer Saat umwogt, vom Rohr umschlossen,
An manchem Unort, wo ichs mich erfrechte,
Wir waren augenblicklich, unverdrossen
Und wiederholt bedient vom braven Knechte!
Verfluchter Knecht, wie unerwecklich liegst du!
Und deinen Herrn ums schönste Glück betrügst du.

Doch Meister Iste hat nun seine Grillen
Und läßt sich nicht befehlen noch verachten,
Auf einmal ist er da, und ganz im stillen
Erhebt er sich zu allen seinen Prachten.
So steht es nun dem Wandrer ganz zu Willen,
Nicht lechzend mehr am Quell zu übernachten.
Er neigt sich hin, er will die Schläfrin küssen,
Allein er stockt, er fühlt sich weggerissen.

Wer hat zur Kraft ihn wieder aufgestählet,
Als jenes Bild, das ihm auf ewig teuer,
Mit dem er sich in Jugendlust vermählet?
Dort leuchtet her ein frisch erquicklich Feuer,

Und wie er erst in Ohnmacht sich gequälet,
So wird nun hier dem Starken nicht geheuer.
Er schaudert weg, vorsichtig, leise, leise
Entzieht er sich dem holden Zauberkreise,

Sitzt, schreibt: Ich nahte mich der heimschen Pforte,
Entfernen wollten mich die letzten Stunden,
Da hab ich nun, am sonderbarsten Orte,
Mein treues Herz aufs neue dir verbunden.
Zum Schlusse findest du geheime Worte:
Die Krankheit erst bewähret den Gesunden.
Die Büchlein soll dir manches Gute zeigen,
Das Beste nur muß ich zuletzt verschweigen.

Da kräht der Hahn. Das Mädchen schnell entwindet
Der Decke sich und wirft sich rasch ins Mieder.
Und da sie sich so seltsam wiederfindet,
So stutzt sie, blickt und schlägt die Augen nieder –
Und da sie ihm zum letzten Mal verschwindet,
Im Auge bleiben ihm die schönen Glieder.
Das Posthorn tönt, er wirft sich in den Wagen
Und läßt getrost sich zu der Liebsten tragen.

Und weil zuletzt bei jeder Dichtungsweise
Moralien uns ernstlich fordern sollen,
So will auch ich in so beliebtem Gleise
Euch gern bekennen, was die Verse wollen:
Wir stolpern wohl auf unsrer Lebensreise,
Und doch vermögen in der Welt, der tollen,
Zwei Hebel viel aufs irdische Getriebe:
Sehr viel die Pflicht, unendlich mehr die Liebe.

7.

Liebeskummer

›Grotta di Matrimonio‹ auf Capri, um 1806

AN MEINE LIEDER

Verfließet, vielgeliebte Lieder,
Zum Meere der Vergessenheit!
Kein Mädchen sing euch lieblich wieder,
Kein Jüngling in der Blütenzeit.

Ihr sanget nur zu meiner Lieben;
Nun spricht sie meiner Treue Hohn.
Ihr wart ins Wasser eingeschrieben;
So fließt denn auch mit ihm davon.

Du bist mein und bist so zierlich,
Du bist mein und so manierlich,
Aber etwas fehlt dir noch:
Küssest mit so spitzen Lippen,
Wie die Tauben Wasser nippen –
Allzu zierlich bist du doch!

AN DEN GEIST DES JOHANNES SECUNDUS

Lieber, heiliger, großer Küsser,
Der du mirs in lechzend atmender
Glückseligkeit fast vorgetan hast!
Wem soll ichs klagen, klagt ich dirs nicht!
Dir, dessen Lieder wie ein warmes Kissen
Heilender Kräuter mir unters Herz sich legten,
Daß es wieder aus dem krampfigen Starren
Erdetreibens klopfend sich erholte.
Ach, wie klag ich dirs, daß meine Lippe blutet,
Mir gespalten ist und erbärmlich schmerzet,
Meine Lippe, die so viel gewohnt ist
Von der Liebe süßtem Glück zu schwellen
Und, wie eine goldne Himmelspforte,
Lallende Seligkeit aus und ein zu stammeln.
Gesprungen ist sie! Nicht vom Biß der Holden,
Die, in voller ringsumfangender Liebe,
Mehr möcht haben von mir und möchte mich Ganzen
Ganz erküssen und fressen, und was sie könnte!
Nicht gesprungen, weil nach ihrem Hauche
Meine Lippen unheilige Lüfte entweihten.
Ach, gesprungen, weil mich, Öden, Kalten,
Über beizenden Reif der Herbstwind anpackt.
Und da ist Traubensaft und der Saft der Bienen,
An meines Herdes treuem Feuer vereinigt,
Der soll mir helfen! Wahrlich, er hilft nicht,
Denn von der Liebe alles heilendem
Gift-Balsam ist kein Tröpfchen drunter.

Was mir in Kopf und Herzen stritt
Seit manchen lieben Jahren,
Was ich da träumend jauchzt und litt,
Muß wachend nun erfahren.

VOM BERGE IN DIE SEE

Wenn ich, liebe Lili, dich nicht liebte,
Welche Wonne gäb mir dieser Blick!
Und doch, wenn ich, Lili, dich nicht liebte,
Wär, was wär mein Glück?

AN LILI

Im holden Tal, auf schneebedeckten Höhen
War stets dein Bild mir nah:
Ich sahs um mich in lichten Wolken wehen,
Im Herzen war mirs da.
Empfinde hier, wie mit allmächtgem Triebe
Ein Herz das andre zieht –
Und daß vergebens Liebe
Vor Liebe flieht.

NÄHE

Wie du mir oft, geliebtes Kind,
Ich weiß nicht wie, so fremde bist,
Wenn wir im Schwarm der vielen Menschen sind,
Das schlägt mir alle Freude nieder.
Doch ja, wenn alles still und finster um uns ist,
Erkenn ich dich an deinen Küssen wieder.

RASTLOSE LIEBE

Dem Schnee, dem Regen,
Dem Wind entgegen,
Im Dampf der Klüfte,
Durch Nebeldüfte,
Immerzu! Immerzu!
Ohne Rast und Ruh!

Lieber durch Leiden
Möcht ich mich schlagen,
Als alle die Freuden
Des Lebens zu tragen.
Alle das Neigen
Von Herzen zu Herzen,
Ach, wie so eigen
Schaffet das Schmerzen!

Wie soll ich fliehen?
Wälderwärts ziehen?
Alles vergebens!
Krone des Lebens,
Glück ohne Ruh,
Liebe, bist du!

8.

Getrennte Liebe

›Villa Borghese‹, Februar 1787

AN DEN MOND

Füllest wieder Busch und Thal
Still mit Nebelglanz,
Lösest endlich auch einmal
Meine Seele ganz;

Breitest über mein Gefild
Lindernd deinen Blick,
Wie der Liebsten Auge mild
Über mein Geschick.

Jeden Nachklang fühlt mein Herz
Froh- und trüber Zeit,
Wandle zwischen Freud und Schmerz
In die Einsamkeit.

Fließe, fließe, lieber Fluß!
Nimmer werd' ich froh;
So verrauschte Scherz und Kuß
Und die Treue so.

Ich besaß es doch einmal,
Was so köstlich ist!
Daß man doch zu seiner Qual
Nimmer es vergißt!

Rausche, Fluß, das Thal entlang,
Ohne Rast und Ruh,
Rausche, flüstre meinem Sang
Melodien zu!

Wenn du in der Winternacht
Wütend überschwillst,

Oder um die Frühlingspracht
Junger Knospen quillst.

Selig, wer sich vor der Welt
Ohne Haß verschließt,
Einen Schatz am Busen hält
Und mit dem genießt,

Was, von Menschen nicht gewußt
Oder nicht bedacht,
Durch das Labyrinth der Brust
Wandelt in der Nacht.

GEGENSEITIG

Wie sitzt mir das Liebchen?
Was freut sie so groß?
Den Fernen, sie wiegt ihn,
Sie hat ihn im Schoß;

Im zierlichen Käfig
Ein Vöglein sie hält,
Sie läßt es heraußer,
So wie's ihr gefällt.

Hats Picken dem Finger,
Den Lippen getan,
Es flieget und flattert,
Und wieder heran.

So eile zur Heimat,
Das ist nun der Brauch;
Und hast du das Mädchen,
So hat sie dich auch.

AN DIE ERWÄHLTE

Hand in Hand! und Lipp auf Lippe!
Liebes Mädchen, bleibe treu!
Lebe wohl! und manche Klippe
Fährt dein Liebster noch vorbei.
Aber wenn er einst den Hafen
Nach dem Sturme wieder grüßt,
Mögen ihn die Götter strafen,
Wenn er ohne dich genießt.

Frisch gewagt, ist schon gewonnen,
Halb ist schon mein Werk vollbracht!
Sterne leuchten mir wie Sonnen,
Nur dem Feigen ist es Nacht.
Wär ich müßig dir zur Seite,
Drückte noch der Kummer mich;
Doch in aller dieser Weite
Wirk ich rasch und nur für dich.

Schon ist mir das Tal gefunden,
Wo wir einst zusammen gehn
Und den Strom in Abendstunden
Sanft hinuntergleiten sehn.
Diese Pappeln auf den Wiesen,
Diese Buchen in dem Hain!
Ach, und hinter allen diesen
Wird doch auch ein Hüttchen sein!

NACHTGESPENSTER

Mitternachts weint und schluchzt ich,
Weil ich dein entbehrte.
Da kamen Nachtgespenster,
Und ich schämte mich.
Nachtgespenster, sagt ich,
Schluchzend und weinend
Findet ihr mich, dem ihr sonst
Schlafendem vorüberzogt.
Große Güter vermiss ich.
Denkt nicht schlimmer von mir,
Den ihr sonst weise nanntet;
Großes Übel betrifft ihn! –
Und die Nachtgespenster
Mit langen Gesichtern
Zogen vorbei,
Ob ich weise oder törig,
Völlig unbekümmert.

DIE LIEBENDE SCHREIBT

Ein Blick von deinen Augen in die meinen,
Ein Kuß von deinem Mund auf meinem Munde –
Wer davon hat, wie ich, gewisse Kunde,
Mag dem was anders wohl erfreulich scheinen?

Entfernt von dir, entfremdet von den Meinen,
Führ ich stets die Gedanken in die Runde,
Und immer treffen sie auf jene Stunde,
Die einzige; da fang ich an zu weinen.

Die Träne trocknet wieder unversehens:
Er liebt ja, denk ich, her in diese Stille –
Und solltest du nicht in die Ferne reichen?

Vernimm das Lispeln dieses Liebewehens;
Mein einzig Glück auf Erden ist dein Wille,
Dein freundlicher, zu mir – gib mir ein Zeichen!

DIE LIEBENDE ABERMALS

Warum ich wieder zum Papier mich wende?
Das mußt du, Liebster, so bestimmt nicht fragen:
Denn eigentlich hab ich dir nichts zu sagen;
Doch kommts zuletzt in deine lieben Hände.

Weil ich nicht kommen kann, soll, was ich sende,
Mein ungeteiltes Herz hinüber tragen
Mit Wonnen, Hoffnungen, Entzücken, Plagen:
Das alles hat nicht Anfang, hat nicht Ende.

Ich mag vom heutgen Tag dir nichts vertrauen,
Wie sich im Sinnen, Wünschen, Wähnen, Wollen
Mein treues Herz zu dir hinüber wendet.

So stand ich einst vor dir, dich anzuschauen,
Und sagte nichts. Was hätt ich sagen sollen?
Mein ganzes Wesen war in sich vollendet.

SIE KANN NICHT ENDEN

Wenn ich nun gleich das weiße Blatt dir schickte:
Anstatt daß ichs mit Lettern erst beschreibe,
Ausfülltest dus vielleicht zum Zeitvertreibe
Und sendetests an mich, die Hochbeglückte.

Wenn ich den blauen Umschlag dann erblickte,
Neugierig schnell, wie es geziemt dem Weibe,
Riß ich ihn auf, daß nichts verborgen bleibe;
Da läs ich, was mich mündlich sonst entzückte:

Lieb Kind! Mein artig Herz! Mein einzig Wesen!
Wie du so freundlich meine Sehnsucht stilltest
Mit süßem Wort und mich so ganz verwöhntest.

Sogar dein Lispeln glaubt ich auch zu lesen,
Womit du liebend meine Seele fülltest
Und mich auf ewig vor mir selbst verschöntest.

NÄHE DES GELIEBTEN

Ich denke dein, wenn mir der Sonne Schimmer
Vom Meere strahlt;
Ich denke dein, wenn sich des Mondes Flimmer
In Quellen malt.
Ich sehe dich, wenn auf dem fernen Wege
Der Staub sich hebt;
In tiefer Nacht, wenn auf dem schmalen Stege
Der Wandrer bebt.
Ich höre dich, wenn dort mit dumpfem Rauschen
Die Welle steigt;
Im stillen Haine geh ich oft zu lauschen,
Wenn alles schweigt.
Ich bin bei dir, du seist auch noch so ferne,
Du bist mir nah!
Die Sonne sinkt, bald leuchten mir die Sterne.
O wärst du da!

9.

Ende der Liebe

Jena, April 1810

ERSTER VERLUST

Ach, wer bringt die schönen Tage,
Jene Tage der ersten Liebe,
Ach, wer bringt nur eine Stunde
Jener holden Zeit zurück!

Einsam nähr ich meine Wunde,
Und mit stets erneuter Klage
Traur ich ums verlorne Glück.

Ach, wer bringt die schönen Tage,
Jene holde Zeit zurück!

DAS GLÜCK, AN ANNETTEN

Du hast uns oft im Traum gesehen
Zusammen zum Altare gehen,
Und dich als Frau, und mich als Mann;
Oft nahm ich wachend deinem Munde
In einer unbewachten Stunde,
So viel man Küsse nehmen kann.

Sie sind, die süß verträumten Stunden,
Die durchgeküßten sind verschwunden,
Wir wünschen traurig sie zurück.
Oh, wünsche dir kein größres Glücke;
Es flieht der Erden größtes Glücke,
Wie des geringsten Traumes Glück.

AN DIE ENTFERNTE

So hab ich würklich dich verloren?
Bist du, o Schöne, mir entflohn?
Noch klingt in den gewohnten Ohren
Ein jedes Wort, ein jeder Ton.

So wie des Wandrers Blick am Morgen
Vergebens in die Lüfte dringt,
Wenn, in dem blauen Raum verborgen,
Hoch über ihm die Lerche singt:

So dringet ängstlich hin und wider
Durch Feld und Busch und Wald mein Blick;
Dich rufen alle meine Lieder,
O komm, Geliebte, mir zurück!

TROST IN TRÄNEN

Wie kommts, daß du so traurig bist,
Da alles froh erscheint?
Man sieht dirs an den Augen an,
Gewiß, du hast geweint.

»Und hab ich einsam auch geweint,
So ists mein eigner Schmerz,
Und Tränen fließen gar so süß,
Erleichtern mir das Herz.«

Die frohen Freunde laden dich:
O komm an unsre Brust!
Und was du auch verloren hast,
Vertraue den Verlust.

»Ihr lärmt und rauscht und ahnet nicht,
Was mich, den Armen, quält.
Ach nein, verloren hab ichs nicht,
So sehr es mir auch fehlt.«

So raffe denn dich eilig auf!
Du bist ein junges Blut.
In deinen Jahren hat man Kraft
Und zum Erwerben Mut.

»Ach nein, erwerben kann ichs nicht,
Es steht mir gar zu fern.
Es weilt so hoch, es blinkt so schön,
Wie droben jener Stern.«

Die Sterne, die begehrt man nicht,
Man freut sich ihrer Pracht,
Und mit Entzücken blickt man auf
In jeder heitren Nacht.

»Und mit Entzücken blick ich auf
So manchen lieben Tag;
Verweinen laßt die Nächte mich,
Solang ich weinen mag.«

Trocknet nicht! trocknet nicht!
Thränen der heiligen Liebe!
Ach, den halbtrocknen Augen schon
Wie öde, tot ist die Welt!
Trocknet nicht! trocknet nicht,
Thränen der ewigen Liebe!

ABSCHIED

Zu lieblich ists, ein Wort zu brechen,
Zu schwer die wohlerkannte Pflicht,
Und leider kann man nichts versprechen,
Was unserm Herzen widerspricht.

Du übst die alten Zauberlieder,
Du lockst ihn, der kaum ruhig war,
Zum Schaukelkahn der süßen Torheit wieder,
Erneust, verdoppelst die Gefahr.

Was suchst du mir dich zu verstecken!
Sei offen, flieh nicht meinen Blick!
Früh oder spät mußt ichs entdecken,
Und hier hast du dein Wort zurück.

Was ich gesollt, hab ich vollendet,
Durch mich sei dir von nun an nichts verwehrt;
Allein verzeih dem Freund, der sich nun von dir wendet
Und still in sich zurücke kehrt.

Ein grauer, trüber Morgen
Bedeckt mein liebes Feld,
Im Nebel tief verborgen
Liegt um mich her die Welt.
O liebliche Friedricke,
Dürft ich nach dir zurück!
In einem deiner Blicke
Liegt Sonnenschein und Glück.

Der Baum, in dessen Rinde
Mein Nam bei deinem steht,
Wird bleich vom rauhen Winde,
Der jede Lust verweht.
Der Wiesen grüner Schimmer
Wird trüb wie mein Gesicht,
Sie sehen die Sonne nimmer,
Und ich Friedricken nicht.

Bald geh ich in die Reben
Und herbste Trauben ein;
Umher ist alles Leben,
Es strudelt neuer Wein.
Doch in der öden Laube,
Ach, denk ich, wär sie hier!
Ich brächt ihr diese Traube,
Und sie – was gäb sie mir?

DEN 6. JUNI 1816

Du versuchst, o Sonne, vergebens,
Durch die düstren Wolken zu scheinen!
Der ganze Gewinn meines Lebens
Ist, ihren Verlust zu beweinen.

HARFENSPIELER

Wer nie sein Brot mit Tränen aß,
Wer nie die kummervollen Nächte
Auf seinem Bette weinend saß,
Der kennt euch nicht, ihr himmlischen Mächte.

Ihr führt ins Leben uns hinein,
Ihr laßt den Armen schuldig werden,
Dann überlaßt ihr ihn der Pein:
Denn alle Schuld rächt sich auf Erden.

SELIGE SEHNSUCHT

Sagt es niemand, nur den Weisen,
Weil die Menge gleich verhöhnet:
Das Lebend'ge will ich preisen,
Das nach Flammentod sich sehnet.

In der Liebesnächte Kühlung,
Die dich zeugte, wo du zeugtest,
Überfällt dich fremde Fühlung,
Wenn die stille Kerze leuchtet.

Nicht mehr bleibest du umfangen
In der Finsternis Beschattung,
Und dich reißet neu Verlangen
Auf zu höherer Begattung.

Keine Ferne macht dich schwierig,
Kommst geflogen und gebannt,
Und zuletzt, des Lichts begierig,
Bist du Schmetterling verbrannt.

Und so lang' du das nicht hast,
Dieses: Stirb und werde!
Bist du nur ein trüber Gast
Auf der dunklen Erde.

10.

Erinnerte Liebe

Tempel am See bei tiefstehender Sonne, um 1806

NACHGEFÜHL

Wenn die Reben wieder blühen,
Rühret sich der Wein im Fasse;
Wenn die Rosen wieder glühen,
Weiß ich nicht, wie mir geschieht.

Thränen rinnen von den Wangen,
Was ich thue, was ich lasse;
Nur ein unbestimmt Verlangen
Fühl' ich, das die Brust durchglüht.

Und zuletzt muß ich mir sagen,
Wenn ich mich bedenk' und fasse,
Daß in solchen schönen Tagen
Doris einst für mich geglüht.

AN MEINE LIEDER

Seid, geliebte kleine Lieder,
Zeugen meiner Fröhlichkeit;
Ach, sie kömmt gewiß nicht wieder,
Dieser Tage Frühlingszeit.

Bald entflieht der Freund der Scherze,
Er, dem ich euch sang, mein Freund.
Ach, daß auch vielleicht dies Herze
Bald um meine Liebste weint!

Doch, wenn nach der Trennung Leiden
Einst auf euch Ihr Auge blickt,
Dann erinnert Sie der Freuden,
Die uns sonst vereint erquickt.

ERINNERUNG

Er

Gedenkst du noch der Stunden,
Wo eins zum andern drang?

Sie

Wenn ich dich nicht gefunden,
War mir der Tag so lang.

Er

Dann herrlich! ein Selbander,
Wie es mich noch erfreut.

Sie

Wir irrten uns aneinander:
Es war eine schöne Zeit.

Ach, wie bist du mir,
Wie bin ich dir geblieben!
Nein, an der Wahrheit
Verzweifl ich nicht mehr.
Ach, wenn du da bist,
Fühl ich, ich soll dich nicht lieben;
Ach, wenn du fern bist,
Fühl ich, ich lieb dich so sehr.

ERINNERUNG

Willst du immer weiter schweifen?
Sieh, das Gute liegt so nah.
Lerne nur das Glück ergreifen,
Denn das Glück ist immer da.

II.

Wiedergefundene Liebe

Skizze zu ›Faust: Prolog im Himmel‹, um 1800

AN LINA

Liebchen, kommen diese Lieder
Jemals wieder dir zur Hand,
Sitze beim Klaviere nieder,
Wo der Freund sonst bei dir stand.

Laß die Saiten rasch erklingen
Und dann sieh ins Buch hinein:
Nur nicht lesen! immer singen
Und ein jedes Blatt ist dein.

Ach, wie traurig sieht in Lettern,
Schwarz auf weiß, das Lied mich an,
Das aus deinem Mund vergöttern,
Das ein Herz zerreißen kann!

LEBENDIGES ANDENKEN

Der Liebsten Bande und Schleife rauben,
Halb mag sie zürnen, halb erlauben,
Euch ist es viel, ich will es glauben
Und gönn' euch solchen Selbstbetrug:
Ein Schleier, Halstuch, Strumpfband, Ringe
Sind wirklich keine kleinen Dinge;
Allein mir sind sie nicht genug.

Lebend'gen Teil von ihrem Leben,
Ihn hat nach leisem Widerstreben
Die Allerliebste mir gegeben,
Und jene Herrlichkeit wird nichts.
Wie lach' ich all der Trödelware!
Sie schenkte mir die schönen Haare,
Den Schmuck des schönsten Angesichts.

Soll ich dich gleich, Geliebte, missen,
Wirst du mir doch nicht ganz entrissen:
Zu schaun, zu tändeln und zu küssen
Bleibt die Reliquie von dir. –
Gleich ist des Haars und mein Geschicke;
Sonst buhlten wir mit *Einem* Glücke
Um sie, jetzt sind wir fern von ihr.

Fest waren wir an sie gehangen;
Wir streichelten die runden Wangen,
Uns lockt' und zog ein süß Verlangen,
Wir gleiteten zur vollern Brust,
O Nebenbuhler, frei vom Neide,
Du süß Geschenk, du schöne Beute,
Erinnre mich an Glück und Lust!

ERGEBUNG

»Du vergehst und bist so freundlich,
Verzehrst dich und singst so schön?«

Dichter
Die Liebe behandelt mich feindlich!
Da will ich gern gestehn:
Ich singe mit schwerem Herzen.
Sieh doch einmal die Kerzen,
Sie leuchten, indem sie vergehn.

LESEBUCH

Wunderlichstes Buch der Bücher
Ist das Buch der Liebe;
Aufmerksam hab' ich's gelesen:
Wenig Blätter Freuden,
Ganze Hefte Leiden;
Einen Abschnitt macht die Trennung.
Wiedersehn! ein klein Kapitel,
Fragmentarisch. Bände Kummers,
Mit Erklärungen verlängert,
Endlos, ohne Maß.
O Nisami! – doch am Ende
Hast den rechten Weg gefunden;
Unauflösliches, wer löst es?
Liebende, sich wiederfindend.

12.

Neue Liebe

Das Gartenhaus in Weimar, Gartenseite, um 1779

WECHSEL

Auf Kieseln im Bache, da lieg ich, wie helle,
Verbreite die Arme der kommenden Welle,
Und buhlerisch drückt sie die sehnende Brust.
Dann trägt sie ihr Leichtsinn im Strome darnieder,
Schon naht sich die zweite und streichelt mich wieder,
Da fühl ich die Freuden der wechselnden Lust.

O Jüngling, sei weise, verwein nicht vergebens
Die fröhlichsten Stunden des traurigen Lebens,
Wenn flatterhaft dich ja ein Mädchen vergißt;
Geh, ruf sie zurücke, die vorigen Zeiten!
Es küßt sich so süße der Busen der Zweiten,
Als kaum sich der Busen der Ersten geküßt.

WARNUNG

Am Jüngsten Tag, wenn die Posaunen schallen
Und alles aus ist mit dem Erdeleben,
Sind wir verpflichtet, Rechenschaft zu geben
Von jedem Wort, das unnütz uns entfallen.

Wie wirds nun werden mit den Worten allen,
In welchen ich so liebevoll mein Streben
Um deine Gunst dir an den Tag gegeben,
Wenn diese bloß an deinem Ohr verhallen?

Darum bedenk, o Liebchen, dein Gewissen!
Bedenk im Ernst, wie lange du gezaudert,
Daß nicht der Welt solch Leiden widerfahre.

Werd ich berechnen und entschuldgen müssen,
Was alles unnütz ich vor dir geplaudert,
So wird der Jüngste Tag zum vollen Jahre.

DIE LIEBE WIDER WILLEN

Ich weiß es wohl, und spotte viel:
Ihr Mädchen seid voll Wankelmut!
Ihr liebet, wie im Kartenspiel,
Den David und den Alexander;
Sie sind ja Forcen miteinander,
Und die sind miteinander gut.

Doch bin ich elend wie zuvor,
Mit misanthropischem Gesicht,
Der Liebe Sklav, ein armer Tor!
Wie gern wär ich sie los, die Schmerzen!
Allein es sitzt zu tief im Herzen,
Und Spott vertreibt die Liebe nicht.

ENTSAGEN

Entwöhnen sollt ich mich vom Glanz der Blicke,
Mein Leben sollten sie nicht mehr verschönen.
Was man Geschick nennt, läßt sich nicht versöhnen –
Ich weiß es wohl, und trat bestürzt zurücke.

Nun wußt ich auch von keinem weitern Glücke;
Gleich fing ich an, von diesen und von jenen
Notwendgen Dingen sonst mich zu entwöhnen:
Notwendig schien mir nichts als ihre Blicke.

Des Weines Glut, den Vielgenuß der Speisen,
Bequemlichkeit und Schlaf und sonstge Gaben,
Gesellschaft wies ich weg, daß wenig bliebe.

So kann ich ruhig durch die Welt nun reisen:
Was ich bedarf, ist überall zu haben,
Und Unentbehrlichs bring ich mit – die Liebe.

Wenn ich auf dem Markte geh
Durchs Gedränge
Und das hübsche Mädchen seh
In der Menge –
Geh ich hier, sie kommt heran,
Aber drüben;
Niemand sieht uns beiden an
Wie wir lieben.

»Alter, hörst du noch nicht auf!
Immer Mädchen!
In dem jungen Lebenslauf
Wars ein Käthchen.
Welche jetzt den Tag versüßt?
Sags mit Klarheit!«
Seht nur hin, wie sie mich grüßt –
Es ist die Wahrheit!

LIEBHABER IN ALLEN GESTALTEN

Ich wollt, ich wär ein Fisch,
So hurtig und frisch;
Und kämst du zu angeln,
Ich würde nicht mangeln.
Ich wollt, ich wär ein Fisch,
So hurtig und frisch.

Ich wollt, ich wär ein Pferd,
Da wär ich dir wert.
O wär ich ein Wagen,
Bequem dich zu tragen.
Ich wollt, ich wär ein Pferd,
Da wär ich dir wert.

Ich wollt, ich wäre Gold,
Dir immer im Sold;
Und tätst du was kaufen,
Käm ich wieder gelaufen.
Ich wollt, ich wäre Gold,
Dir immer im Sold.

Ich wollt, ich wär treu,
Mein Liebchen stets neu;
Ich wollt mich verheißen,
Wollt nimmer verreisen.
Ich wollt, ich wär treu,
Mein Liebchen stets neu.

Ich wollt, ich wär alt
Und runzlig und kalt;

Tätst du mirs versagen,
Da könnt michs nicht plagen.
Ich wollt, ich wär alt
Und runzlig und kalt.

Wär ich Affe sogleich
Voll neckender Streich;
Hätt was dich verdrossen,
So macht ich dir Possen.
Wär ich Affe sogleich
Voll neckender Streich.

Wär ich gut wie ein Schaf,
Wie der Löwe so brav;
Hätt Augen wie's Lüchschen
Und Listen wie's Füchschen.
Wär ich gut wie ein Schaf,
Wie der Löwe so brav.

Was alles ich wär,
Das gönnt ich dir sehr;
Mit fürstlichen Gaben,
Du solltest mich haben.
Was alles ich wär,
Das gönnt ich dir sehr.

Doch bin ich, wie ich bin,
Und nimm mich nur hin!
Willst du beßre besitzen,
So laß dir sie schnitzen.
Ich bin nun, wie ich bin:
So nimm mich nur hin!

EINER

Grausam handelt Amor mit mir! oh! spielet, ihr Musen,
Mit den Schmerzen, die er, spielend, im Busen erregt.
Manuskripte besitz ich, wie kein Gelehrter noch König,
Denn mein Liebchen, sie schreibt, was ich ihr dichtete, mir.
Wie im Winter die Saat nur langsam keimet, im Frühling
Lebhaft treibet und schoßt, so war die Neigung zu dir.
Immer war mir das Feld und der Wald, und der Fels und die Gärten
Nur ein Raum, und du machst sie, Geliebte, zum Ort.
Raum und Zeit, ich empfind es, sind bloße Formen des Denkens,
Da das Eckchen mit dir, Liebchen, unendlich mir scheint.
Sorge! sie steiget mit dir zu Pferde, sie steiget zu Schiffe;
Viel zudringlicher noch packet sich Amor mir auf.
Schwer zu besiegen ist schon die Neigung; gesellet sich aber
Gar die Gewohnheit zu ihr, nimmer bezwingest du sie.
Welche Schrift ich zweimal, ja dreimal hintereinander
Lese? Das herzliche Blatt, das die Geliebte mir schreibt.
Wer mich entzückt, vermag mich zu täuschen. Oh! Dichter und Sänger,
Mimen! lerntet ihr doch meiner Geliebten was ab!
Alle Freude des Dichters, ein gutes Gedicht zu erschaffen,
Fühle das liebliche Kind, das ihn begeisterte, mit.
Ein Epigramm sei zu kurz, mir etwas Herzlichs zu sagen?
Wie, mein Geliebter, ist denn nicht noch viel kürzer der Kuß?
Kennst du den herrlichen Gift der unbefriedigten Liebe?
Er versengt und erquickt, zehret am Mark und erneuts.
Kennst du die herrliche Wirkung der endlich befriedigten Liebe?
Körper verbindet sie schön, wenn sie die Geister befreit.
Das ist die wahre Liebe, die immer und immer sich gleichbleibt,
Wenn man ihr alles gewährt, wenn man ihr alles versagt.
Alles wünscht ich zu haben, um mit ihr alles zu teilen;
Alles gäb ich dahin, wär sie, die Einzige, mein.

Kränken ein liebendes Herz, und schweigen müssen! geschärfter
  Können die Qualen nicht sein, die Rhadamanth sich ersinnt.
Warum bin ich vergänglich? o Zeus! so fragte die Schönheit.
  Macht ich doch, sagte der Gott, nur das Vergängliche schön.
Und die Liebe, die Blumen, der Tau und die Jugend vernahmens,
  Alle gingen sie weg, weinend, von Jupiters Thron.
Leben muß man und lieben! Es endet Leben und Liebe!
  Schnittest du, Parze, doch nur beiden die Fäden zugleich.

RETTUNG

Mein Mädchen ward mir ungetreu,
Das machte mich zum Freudenhasser.
Da lief ich an ein fließend Wasser,
Das Wasser lief vor mir vorbei.

Da stund ich nun verzweifelnd, stumm,
Im Kopfe war mirs wie betrunken,
Fast wär ich in den Strom gesunken,
Es ging die Welt mit mir herum.

Auf einmal hört ich was, das rief,
Ich wandte just dahin den Rücken,
Es war ein Stimmchen zum Entzücken:
Nimm dich in acht! der Fluß ist tief.

Da lief mir was durchs ganze Blut,
Ich seh, so ists ein süßes Mädchen;
Ich frage sie: wie heißt du? Käthchen!
O schönes Käthchen, du bist gut.

Du hältst vom Tode mich zurück,
Auf ewig dank ich dir mein Leben.
Allein das heißt mir wenig geben,
Nun sei auch meines Lebens Glück.

Und dann klagt ich ihr meine Not;
Sie schlug die Augen lieblich nieder,
Ich küßte sie und sie mich wieder;
Und vor der Hand nichts mehr vom Tod.

13.

Die 13 Lieben seines Lebens

FÜR

ANNETTE
FRANZISKA
FRIEDERIKE
LOTTE
LILI · BELINDE
LIDA
FAUSTINA
DIE SCHÖNE MAILÄNDERIN
CHRISTIANE
BETTINA
WILHELMINE
SULEIKA
ULRIKE

Baumzeile ›Wilhelmine‹, 4. Januar 1808

AN ANNETTEN

Es nannten ihre Bücher
Die Alten sonst nach Göttern,
Nach Musen und nach Freunden
Doch keiner nach der Liebsten;
Warum sollt ich, Annette,
Die du mir Gottheit, Muse,
Und Freund mir bist, und alles
Dies Buch nicht auch nach deinem
Geliebten Namen nennen?

DER ABSCHIED

Laß mein Aug den Abschied sagen,
Den mein Mund nicht nehmen kann!
Schwer, wie schwer ist er zu tragen!
Und ich bin doch sonst ein Mann.

Traurig wird in dieser Stunde
Selbst der Liebe süßtes Pfand,
Kalt der Kuß von deinem Munde,
Matt der Druck von deiner Hand.

Sonst, ein leicht gestohlen Mäulchen,
O wie hat es mich entzückt!
So erfreuet uns ein Veilchen,
Das man früh im März gepflückt.

Doch ich pflücke nie ein Kränzchen,
Keine Rose mehr für dich.
Frühling ist es, liebes Fränzchen,
Aber leider Herbst für mich!

MAIFEST

Wie herrlich leuchtet
Mir die Natur!
Wie glänzt die Sonne!
Wie lacht die Flur!

Es dringen Blüten
Aus jedem Zweig,
Und tausend Stimmen
Aus dem Gesträuch,

Und Freud und Wonne
Aus jeder Brust.
O Erd, o Sonne!
O Glück, o Lust!

O Lieb, o Liebe!
So golden schön,
Wie Morgenwolken
Auf jenen Höhn;

Du segnest herrlich
Das frische Feld,
Im Blütendampfe
Die volle Welt.

O Mädchen, Mädchen
Wie lieb ich dich!
Wie blinkt dein Auge!
Wie liebst du mich!

So liebt die Lerche
Gesang und Luft,

Und Morgenblumen
Den Himmels-Duft,

Wie ich dich liebe
Mit warmem Blut,
Die du mir Jugend
Und Freud und Mut

Zu neuen Liedern
Und Tänzen gibst!
Sei ewig glücklich,
Wie du mich liebst!

Wenn einen seligen Biedermann,
Pastorn oder Ratsherrn lobesan
Die Wittib läßt in Kupfer stechen
Und drunter ein Verslein radebrechen,
Da heißts:
Seht hier von Kopf und Ohren
Den Herrn ehrwürdig, wohlgeboren,
Seht seine Mienen und seine Stirn;
Aber sein verständig Gehirn,
So manch Verdienst ums gemeine Wesen,
Könnt ihr ihm nicht an der Nase lesen.

So, liebe Lotte, heißts auch hier:
Ich schicke da mein Bildnis dir!
Magst wohl die lange Nase sehn,
Der Augen Blick, der Locken Wehn;
's ist ohngefähr das *garstge Gsicht*,
Aber meine Liebe siehst du nicht.

NEUE LIEBE NEUES LEBEN

Herz, mein Herz, was soll das geben?
Was bedränget dich so sehr?
Welch ein fremdes, neues Leben!
Ich erkenne dich nicht mehr!
Weg ist alles, was du liebtest,
Weg, worum du dich betrübtest,
Weg dein Fleiß und deine Ruh;
Ach, wie kamst du nur dazu?

Fesselt dich die Jugendblüte?
Diese liebliche Gestalt,
Dieser Blick voll Treu und Güte
Mit unendlicher Gewalt?
Will ich rasch mich ihr entziehen,
Mich ermannen, ihr entfliehen,
Führet mich im Augenblick,
Ach, mein Weg zu ihr zurück.

Und an diesem Zauberfädchen,
Das sich nicht zerreißen läßt,
Hält das liebe, lose Mädchen
Mich so wider Willen fest;
Muß in ihrem Zauberkreise
Leben nun auf ihre Weise.
Die Verändrung, ach, wie groß!
Liebe! Liebe, laß mich los.

Warum gabst du uns die tiefen Blicke,
Unsre Zukunft ahndungsvoll zu schaun,
Unsrer Liebe, unserm Erdenglücke
Wähnend selig nimmer hinzutraun?
Warum gabst uns, Schicksal, die Gefühle,
Uns einander in das Herz zu sehn,
Um durch all die seltenen Gewühle
Unser wahr Verhältnis auszuspähn?

Ach, so viele tausend Menschen kennen,
Dumpf sich treibend, kaum ihr eigen Herz,
Schweben zwecklos hin und her und rennen
Hoffnunglos in unversehnem Schmerz;
Jauchzen wieder, wenn der schnellen Freuden
Unerwart'te Morgenröte tagt.
Nur uns armen Liebevollen beiden
Ist das wechselseitge Glück versagt,
Uns zu lieben, ohn uns zu verstehen,
In dem andern sehn, was er nie war,
Immer frisch auf Traumglück auszugehen
Und zu schwanken auch in Traumgefahr.

Glücklich, den ein leerer Traum beschäftigt!
Glücklich, dem die Ahndung eitel wär!
Jede Gegenwart und jeder Blick bekräftigt
Traum und Ahndung leider uns noch mehr.
Sag, was will das Schicksal uns bereiten?
Sag, wie band es uns so rein genau?
Ach, du warst in abgelebten Zeiten
Meine Schwester oder meine Frau.

Kanntest jeden Zug in meinem Wesen,
Spähtest, wie die reinste Nerve klingt,
Konntest mich mit Einem Blicke lesen,
Den so schwer ein sterblich Aug durchdringt;
Tropftest Mäßigung dem heißen Blute,
Richtetest den wilden irren Lauf,
Und in deinen Engelsarmen ruhte
Die zerstörte Brust sich wieder auf;
Hieltest zauberleicht ihn angebunden
Und vergaukeltest ihm manchen Tag.
Welche Seligkeit glich jenen Wonnestunden,
Da er dankbar dir zu Füßen lag,
Fühlt' sein Herz an deinem Herzen schwellen,
Fühlte sich in deinem Auge gut,
Alle seine Sinne sich erhellen
Und beruhigen sein brausend Blut!

Und von allem dem schwebt ein Erinnern
Nur noch um das ungewisse Herz,
Fühlt die alte Wahrheit ewig gleich im Innern,
Und der neue Zustand wird ihm Schmerz.
Und wir scheinen uns nur halb beseelet,
Dämmernd ist um uns der hellste Tag.
Glücklich, daß das Schicksal, das uns quälet,
Uns doch nicht verändern mag!

RÖMISCHE ELEGIE II.

Mehr, als ich ahndete, schön das Glück, es ist mir geworden:
  Amor führte mich klug allen Palästen vorbei.
Eilig ging es vorbei, und niedre, zierliche Pforte
  Nahm den Führer zugleich, nahm den Verlangenden auf.
Alles verschafft er mir da, hilft alles und alles erhalten,
  Streuet jeglichen Tag frischere Rosen mir auf.
Hab ich den Himmel nicht hier? – Was gibst du, schöne Borghese,
  Nipotina, was gibst deinem Geliebten du mehr?
Tafel, Gesellschaft und Cors und Spiel und Oper und Bälle,
  Amorn rauben sie nur oft die gelegenste Zeit.
Ekel bleibt mir Gezier und Putz, und hebet am Ende
  Sich ein brokatener Rock nicht wie ein wollener auf?
Oder will sie bequem den Freund im Busen verbergen,
  Wünscht er von alle dem Schmuck nicht schon behend sie befreit?
Müssen nicht jene Juwelen und Spitzen, Polster und Fischbein
  Alle zusammen herab, eh er die Liebliche fühlt?
Näher haben wir das! Schon fällt dein wollenes Kleidchen,
  So wie der Freund es gelöst, faltig zum Boden hinab.
Eilig trägt er das Kind in leichter, linnener Hülle,
  Wie es der Amme geziemt, scherzend aufs Lager hinan.
Ohne das seidne Gehäng und ohne gestickte Matratzen
  Stehet es, zweien bequem, frei in dem weiten Gemach.
Nehme dann Jupiter mehr von seiner Juno, es lasse
  Wohler sich, wenn er es kann, irgendein Sterblicher sein:
Uns ergetzen Freuden des echten, nacketen Amors
  Und des geschaukelten Betts lieblicher, knarrender Ton.

RÖMISCHE ELEGIE VI.

Ich durchblättre die Werke der Alten
Mit geschäftiger Hand, täglich mit neuem Genuß.
Aber die Nächte hindurch hält Amor mich anders beschäftigt;
Werd ich auch halb nur gelehrt, bin ich doch doppelt beglückt.
Und belehr ich mich nicht, indem ich des lieblichen Busens
Formen spähe, die Hand leite die Hüften hinab?
Dann versteh ich den Marmor erst recht: ich denk und vergleiche.
Sehe mit fühlendem Aug, fühle mit sehender Hand.
Raubt die Liebste denn gleich mir einige Stunden des Tages,
Gibt sie Stunden der Nacht mir zur Entschädigung hin.
Wird doch nicht immer geküßt, es wird vernünftig gesprochen;
Überfällt sie der Schlaf, lieg ich und denke mir viel.
Oftmals hab ich auch schon in ihren Armen gedichtet
Und des Hexameters Maß leise mit fingernder Hand
Ihr auf den Rücken gezählt. Sie atmet in lieblichem Schlummer,
Und es durchglühet ihr Hauch mir bis ins Tiefste die Brust.

FRECH UND FROH

Liebesqual verschmäht mein Herz,
Sanften Jammer, süßen Schmerz;
Nur vom Tüchtgen will ich wissen,
Heißem Äuglen, derben Küssen.
Sei ein armer Hund erfrischt
Von der Lust, mit Pein gemischt!
Mädchen, gib der frischen Brust
Nichts von Pein und alle Lust.

ABSCHIED

Bettina spricht:

War unersättlich nach viel tausend Küssen –
Und mußt mit Einem Kuß am Ende scheiden.
Nach herber Trennung tiefempfundnem Leiden
War mir das Ufer, dem ich mich entrissen,

Mit Wohnungen, mit Bergen, Hügeln, Flüssen,
Solang ichs deutlich sah, ein Schatz der Freuden;
Zuletzt im Blauen blieb ein Augenweiden
An fernentwichnen lichten Finsternissen.

Und endlich, als das Meer den Blick umgrenzte,
Fiel mir zurück ins Herz mein heiß Verlangen;
Ich suchte mein Verlornes gar verdrossen.

Da war es gleich, als ob der Himmel glänzte;
Mir schien, als wäre nichts mir, nichts entgangen,
Als hätt ich alles, was ich je genossen.

WACHSENDE NEIGUNG

Als kleines artges Kind nach Feld und Auen
Sprangst du mit mir, so manchen Frühlingsmorgen.
»Für solch ein Töchterchen, mit holden Sorgen,
Möcht ich als Vater segnend Häuser bauen!«

Und als du anfingst, in die Welt zu schauen,
War deine Freude häusliches Besorgen.
»Solch eine Schwester! und ich wär geborgen:
Wie könnt ich ihr, ach! wie sie mir vertrauen!«

Nun kann den schönen Wachstum nichts beschränken;
Ich fühl im Herzen heißes Liebetoben.
Umfass ich sie, die Schmerzen zu beschwichtgen?

Doch ach! nun muß ich dich als Fürstin denken:
Du stehst so schroff vor mir emporgehoben;
Ich beuge mich vor deinem Blick, dem flüchtgen.

LIEBCHEN BENAMST

Daß Suleika in Jussuph vernarrt war,
Ist keine Kunst;
Er war jung, Jugend hat Gunst,
Er war schön, sie sagen: zum Entzücken,
Schön war sie, konnten einander beglücken.
Aber daß du, die so lange mir erharrt war,
Feurige Jugendblicke mir schickst,
Jetzt mich liebst, mich später beglückst,
Das sollen meine Lieder preisen:
Sollst mir ewig Suleika heißen.

DICHTER BENAMST

Da du nun Suleika heißest,
Sollt ich auch benamset sein.
Wenn du deinen Geliebten preisest,
Hatem! soll der Name sein.
Nur daß man mich daran erkennet,
Keine Anmaßung soll es sein:
Wer sich Sankt-Georgenritter nennet,
Denkt nicht gleich Sankt Georg zu sein.
Nicht Hatem Thai, nicht der alles Gebende
Kann ich in meiner Armut sein;
Hatem Zograi nicht, der reichlichst Lebende
Von allen Dichtern, möcht ich sein:
Aber beide doch im Auge zu haben,
Es wird nicht ganz verwerflich sein;
Zu nehmen, zu geben des Glückes Gaben,
Wird immer ein groß Vergnügen sein.
Sich liebend aneinander zu laben,
Wird Paradieses Wonne sein.

Tadelt man, daß wir uns lieben,
Dürfen wir uns nicht betrüben:
Tadel ist von keiner Kraft.
Andern Dingen mag das gelten;
Kein Mißbilligen, kein Schelten
Macht die Liebe tadelhaft.

Goethes Reisewagen, Zeichnung von Ludwig Michalek, 1911
& rechts: Scherenschnitt von Luise Duttenhofer, 1797

ANHANG

FRAUEN IN GOETHES LEBEN

Anna Margarethe Textor,
geb. Lindheimer, die Großmutter
1711–1783

Marie Sophie von La Roche,
geb. Gutermann von Gutershofen
1730–1807

Catharina Elisabeth Goethe,
geb. Textor, die Mutter
1731–1808

Susanne Katharina von Klettenberg,
Stiftsdame
1732–1774

Herzogin Anna Amalia von Sachsen-Weimar-Eisenach,
geb. Prinzessin von Braunschweig-Wolfenbüttel
1739–1807

Angelika Kauffmann,
Malerin
1741–1807

Charlotte von Stein,
geborene von Schardt, »Lida«
(*Seite 191: Warum gabst du uns die tiefen Blicke, 1776*)
1742–1827

Margaretha Brandt,
als Kindsmörderin hingerichtet
1746–1772

Anna »Annette« Katharina Schönkopf,
nachmalige Frau Kanne
(*Seite 185: An Annetten, 1767*)
1746–1810

Friederike & Wilhelmine Oeser,
Malertöchter
1748–1829 & 1742–1803

Amalie von Gallitzin,
geb. von Schmettau
1748–1806

Cornelia Goethe,
nachmalige Frau Schlosser, die Schwester
1750–1777

Caroline Flachsland,
nachmalige Frau Herder
1750–1809

Corona Schröter,
Schauspielerin
1751–1802

Luise von Göchhausen,
Hofdame Anna Amalias, Retterin des *Urfaust.*
1752–1807

Franziska »Fränzchen« Crespe
(*Seite 186: Der Abschied, 1770*)
1752–1819

Friederike »Rickchen« Brion
(*Seite 187: Maifest, 1771*)
1752–1813

Charlotte »Lotte« Kestner,
geb. Buff
(*Seite 189: Wenn einen seligen Biedermann, 1773*)
1753–1828

Augusta »Gustchen« zu Stolberg- Stolberg,
spätere Gräfin Bernstorff
1753–1835

Elisa von der Recke,
geb. von Medem
1754–1833

Sophie von Seckendorff,
geb. von Kalb
1755–1820

Maximiliane von La Roche,
spätere Frau von Brentano
1756–1793

Anna Elisabeth »Lili« »Belinde« Schönemann,
nachmalige Frau von Türckheim
(*Seite 190: Neue Liebe neues Leben, 1775*)
1758–1817

Johanna Dorothea Stock,
Malerin
1759–1832

Faustina Lucia Antonini,
geborene di Giovanni, Römerin
(*Seite 193: Römische Elegie II., 1887*)
*1764

Maddalena Riggi, »Die schöne Mailänderin«
(*Seite 194: Römische Elegie VI., 1887*)
1765–1825

Christiane Vulpius,
nachmalige Frau von Goethe
(*Seite 195: Frech und froh, 1788*)
1766–1838

Charlotte von Lengefeld,
nachmalige Frau von Schiller
1766–1826

Germaine de Staël-Holstein,
geb. Necker
1766–1817

Johanna Schopenhauer,
geb. Trosiener, Schriftstellerin
1766–1838

Caroline Jagemann,
nachmalige Frau von Heygendorff, Schauspielerin,
Geliebte des Herzogs,
Traumfrau des Philosophen Schopenhauer
1777–1848

Anna Elisabeth »Bettina« von Arnim,
geb. von Brentano
(*Seite 196: Jähe Trennung, 1807*)
1788–1859

Wilhelmine »Minchen« Herzlieb
(*Seite 197: Wachsende Neigung, 1807*)
1789–1865

Maria Anna »Marianne« von Willemer,
geb. Jung, »Suleika«
(*Seiten 198 & 199: Liebchen benamst & Dichter benamst, 1815*)
1784–1860

Maria Ludovica,
Kaiserin von Österreich
1787–1816

Christine von Ligne,
nachmalige Gräfin O'Donell
1788–1867

Ottilie von Goethe,
geb. von Pogwisch, ihre Mutter eine geb. Henckel
von Donnersmark; Goethes Schwiegertochter
1796–1851

Adele Schopenhauer,
Johannas Tochter, Arthurs Schwester, Ottilies Freundin
1797–1849

Ulrike von Levetzow
(*Seite 200: Tadelt man, daß wir uns lieben, 1823*)
1804–1899

ALPHABETISCHES VERZEICHNIS
der *Titel*
und Gedichtanfänge

Johann Wolfgang (seit 1782: von) Goethe
(28. August 1749, Frankfurt am Main – 22. März 1832 Weimar)
gilt als bedeutendster Dichter deutscher Zunge bis auf den heutigen Tag. Er dichtete, regierte, reiste und forschte und war von achtzehn bis achtzig in allen Literaturgattungen produktiv. Ganz besonders inspirierten ihn seine angebeteten Frauengestalten von Annette bis Ulrike zu immer neuen Liebesgedichten sonder Zahl. Hier sind sie erlesen, festgehalten & wohlfeil preisgegeben. Seid ewig glücklich, wie ihr mich liebt.

Die Liebesgedichte folgen in der Textgestaltung der von Ernst Beutler edierten Artemis-Gedenkausgabe Goethe's Werke, Zürich 1949, sowie einer vorläufigen Ausgabe des Herausgebers: Liebesgedichte von Goethe. Ausgewählt von Gerda Lheureux & Fritz Eicken, Zürich 1982.

Soweit nicht anders nachgewiesen, stammen alle Zeichnungen auf den Zwischentiteln vom Dichter selbst.

Lyrik im Haffmans Verlag
bei Zweitausendeins

DIE KOMISCHEN DEUTSCHEN
881 gewitzte Gedichte aus 400 Jahren.
Herausgegeben von Steffen Jacob.
Dazu die CD DIE KOMISCHEN DEUTSCHEN – DAS HÖRBUCH
mit Katharina Thalbach, Harry Rowohlt, Gerd Haffmans
& Steffen Jacobs.

DIE LIEBENDEN DEUTSCHEN
881 entflammte Gedichte aus 400 Jahren.
Herausgegeben von Steffen Jacob.

DIE FEIERNDEN DEUTSCHEN
669 festliche Gedichte durch den Tag,
durch das Jahr und durch das Leben.
Herausgegeben von Fritz & Katinka Eycken.

CHARLES BAUDELAIRE
DIE BLUMEN DES BÖSEN
Les Fleurs du Mal
in der Umdichtung von Stefan George.

WILHELM BUSCH
DIE GEDICHTE
Herausgegeben und mit einem Nachwort
von Gerd Haffmans.

GOETHE
DIE LIEBESGEDICHTE
Ein Handbüchlein der angewandten Poesie.
Herausgegeben von Fritz & Katinka Eycken.

HEINRICH HEINE
DAS POETISCHE WERK
Alle Gedichte und Erzählungen sowie Memoiren.
Herausgegeben von Fritz & Katinka Eycken.